樂讀456 —— 114

穿越驚奇圖書館 2

搶救天方夜譚說書人

文 廣嶋玲子 圖 江口夏實
譯 王蘊潔

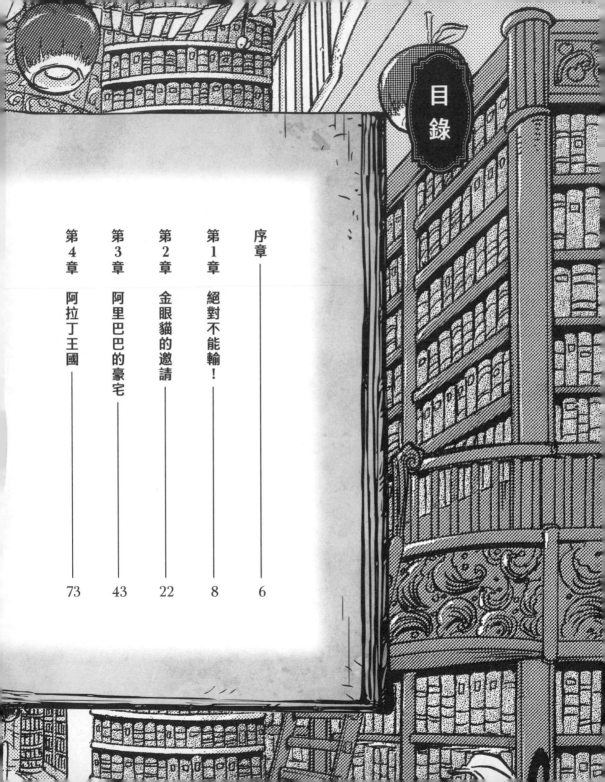

目錄

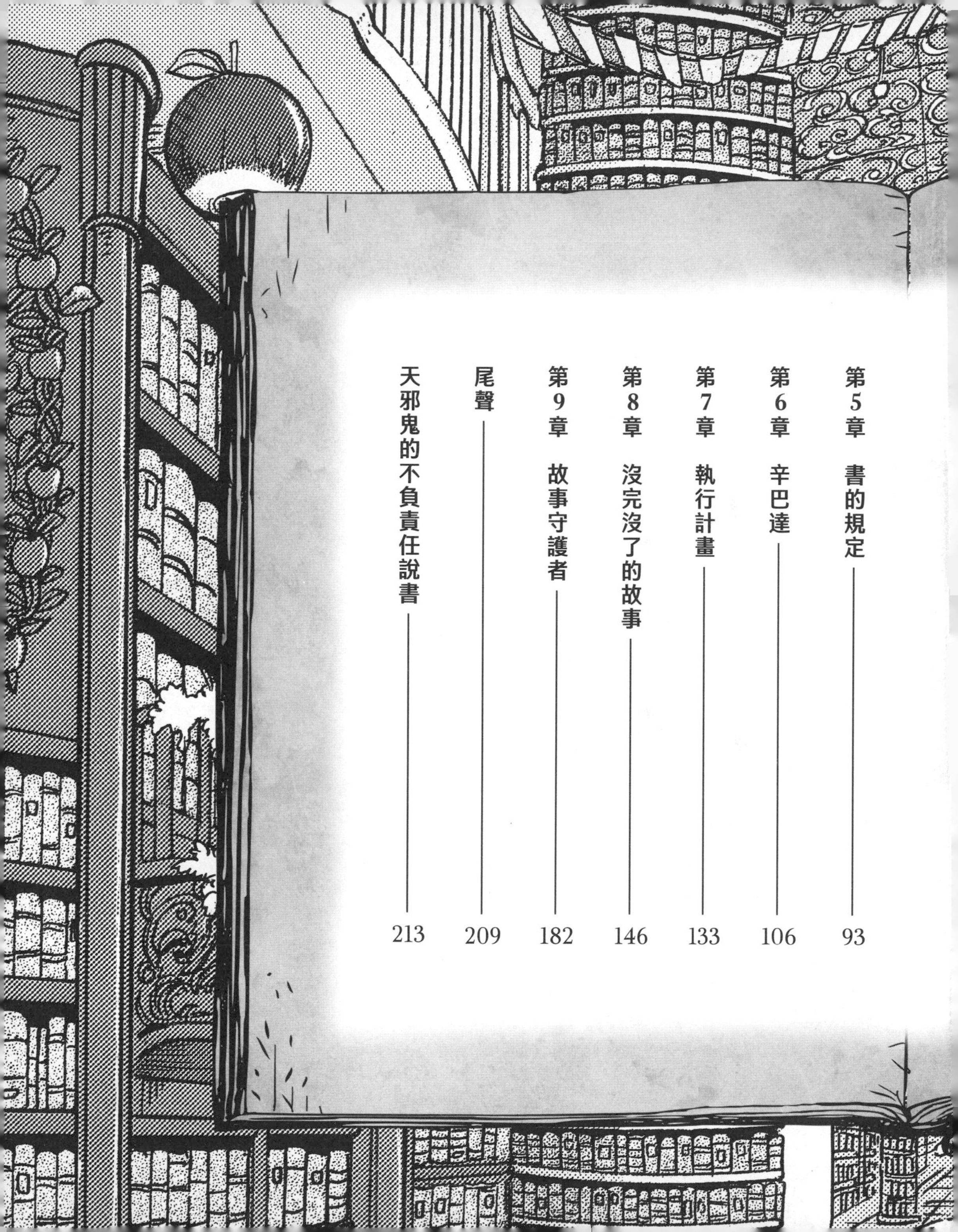

歡迎來到世界圖書館

有一天，宗介在住家附近的圖書館看到《格林童話集》這本書，發現了一件不可思議的事。書中〈糖果屋〉的故事裡，女巫最後竟然把哥哥漢賽爾吃掉了！原來是魔王格啦E夢把世界名著破壞得面目全非！魔王格啦E夢為了獨自霸占這些精采的故事，從世界名著中偷走了最重要的「關鍵字」！於是格林兄弟拜託宗介，找出被偷走的關鍵字，拯救被破壞得七零八落的故事。之前，宗介進入了格林童話的世界，解鎖三個關鍵字！

「世界圖書館」守護著所有世界名著，趕快來和圖書館管理員——故事守護者，一起找出關鍵字吧！

魔王格啦E夢

任性的魔王，最喜歡精采的故事，他的夢想就是要霸占這個世界上所有的故事，奪走人類的想像力，讓人類相互仇視……這次他準備對哪一個故事下手呢？

亞美諾

和格啦E夢聯手，從故事中偷走趣味和關鍵字的神祕美少女。在日本名叫「天邪鬼」，曾經在著名的〈瓜子姬〉傳說中出現。據說她會以各種樣貌在世界各地的故事中現身，她真是受夠了那些壞人都沒有好下場的故事！

世界圖書館

蒐集了世界上所有故事的神祕圖書館，館內的空間大得簡直無法想像。在這裡，守護作品的圖書館管理員被稱為故事守護者。而這些故事守護者的身分，居然都是這些世界名著的創作者？

格林兄弟

格林童話世界的故事守護者。哥哥雅各布中了亞美諾的計謀，被關進書裡，差點和書一起溶化！

宗介

在住家附近的圖書館裡，把一本書放回書架上時，被格林兄弟挖角，委託他修復《格林童話集》，還差一點和書中的白雪公主結婚！

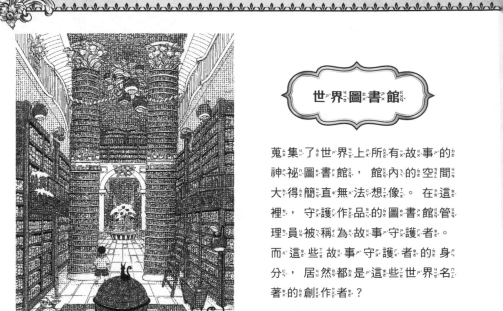

序章

魔王格啦Ｅ夢。

他是個惡名昭彰、貪得無厭的愛吃鬼。他鎖定了世界圖書館內的故事，準備偷走關鍵字來好好大快朵頤一番。

故事的關鍵字一旦被偷走，劇情就會變得亂七八糟。因此，世界圖書館的圖書管理員，也就是故事守護者，必須隨時繃緊神經，才能阻止格啦Ｅ夢的惡行。

但是，任何人都有鬆懈的時候，一旦鬆懈就會失去警戒心，讓人有機可乘。

格啦E夢對故事關鍵字虎視眈眈，一有機會就能趁虛而入。

更何況，他還有一位得力的幫手……

第1章

絕對不能輸！

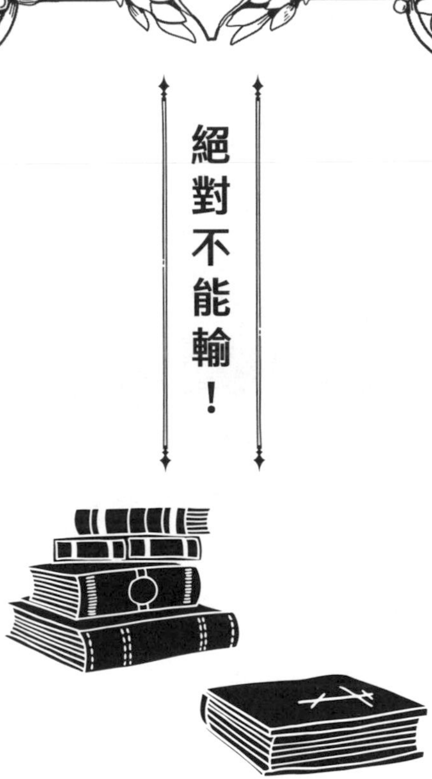

story 1

某天放學後，就讀小學四年級的帆坂葵，坐在學校圖書室的桌子前看書。

圖書室內除了葵以外沒有其他人，她非常享受這份寧靜和孤獨。

她正在看一本適合國中以上學生閱讀的小說，小說裡沒有附插圖，使用的詞彙和語句都很艱澀，但是完全難不倒熱愛閱讀的葵，她對這樣的自己感到很自豪。

「啊，我好享受一個人的閱讀時間。」她心滿意足的打算翻開下一頁。

這時，圖書室的門突然打開，一個男生走了進來。

「唉！」葵忍不住在內心皺起眉頭，因為走進圖書室的男孩，是和她同班的渚橋宗介。

葵覺得男生都像外星人，很吵、又很孩子氣，淨是一些愛說低俗笑話的傻瓜。

宗介也是這種類型的男生。

葵幾乎沒有和宗介說過話，她才不想和那些整天只會聊遊戲、捉昆蟲和看漫畫的人當朋友。

但是，宗介最近突然變了。從前一陣子開始，他常常來圖書室認真看書，或是把書借回家。

葵向來覺得圖書室是自己的地盤，所以每次只要宗介出現，她就會覺得很煩躁，就像是有人擅自闖入了她的王國。

沒想到，宗介今天還是破壞了自己放學後的閱讀時間。

葵感到很不高興，決定無視宗介的存在。她假裝專心看書，想要等宗介趕快離開圖書室。

沒想到宗介竟然走到葵的身旁，對她說：

「葵，可以打擾一下嗎？」

既然是對自己說話，當然不能不理他。葵抬起頭，瞪大雙眼，假裝現在才發現宗介站在自己面前。

「啊，原來是宗介，嚇了我一跳，我完全沒有發現你在這裡。找我有事嗎？」

「嗯，我想拜託你一件事。」

「啊？什麼事？」

葵太驚訝了，因為她完全沒有想到，宗介竟然會有事拜託自己。

聽了宗介拜託的內容，她更加驚訝了。

「你希望我看這個故事……所以這是你寫的故事嗎？」

「嗯，是啊。」

宗介露出靦腆的表情，點了點頭。

「我已經寫了一段時間，昨天終於完成了。雖然故事很短，但打擾你看書還是不好意思，可以請你花一點時間幫我看一下嗎？」

「為什麼要我看？」

「因為你平時總是在看書，我想你一定可以提供真實的感想，或是良好的建議。拜託你，可以幫我看一下嗎？拜託拜託。」

宗介合起雙手拜託，讓葵產生了優越感。雖然她不喜歡這個男生，但他願意拜託自己，就代表他還有點眼光。因為自己是整個年級，不，是全校看最多書的人。

葵揚起下巴，點了點頭說：

「好啊，既然你這麼誠心拜託我，那我就幫你看一下。」

「太好了！麻煩你了！」

宗介遞過來的筆記本上，寫滿了稱不上漂亮的字，但是葵驚訝的發現，故事內容非常有趣。雖然有一些情節不合邏輯，也有些地方令人費解，但故事中有很多別具匠心的點子令人十分驚嘆。

葵花了三分鐘左右的時間讀完整個故事，然後才抬起頭。

她原本打算說「很有趣」，但是一看到宗介充滿期待的雙眼，就突然覺得很不爽。自己竟然會對宗介寫的故事感到驚豔，真是太令人生氣了。

所以她故意嘆了一口氣，把筆記本還給宗介。

「對不起，我覺得這個故事不怎麼樣。現實生活中，不可能有會說話的動物，書也不可能有什麼神奇力量，過度非現實讓人很不想看下去，而且也有很多令人費解的地方，看的時候很難想像故事中的角色和風景，我認為這樣的故事很難讀下去。」

葵的評論很不友善，把話說出口後，她也忍不住開始反省，「我好像說過頭了」。

沒想到宗介非但沒有氣餒，反而一臉嚴肅的點了點頭說：

「這樣啊，果然還不夠水準。好，我下次會更努力。下次還可以請你幫我看看嗎？」

「你為什麼想要寫故事呢？」

「因為……我希望有朝一日，可以成為故事守護者。」

「故事守護者？」

「不，沒什麼。嗯，其實是有一個童話創作比賽，有三十萬元的獎金，我希望可以得獎。」

原來是這樣，葵稍微放心了。

「宗介只是為了獎金寫故事，男生果然都是傻瓜。」

宗介不知道葵內心的想法，開心的笑了起來。

「請你幫忙看果然是對的，謝謝你的建議，那我先回家了。」

宗介小心翼翼的帶著筆記本走出圖書室。

葵失去繼續看書的興致，也決定收拾東西回家。但是回到家之後，她的腦袋裡仍然想著宗介寫的那個故事。

為什麼會有悶悶不樂的感覺？

葵終於承認自己感到很不甘心。

宗介明明是一個吵鬧又很孩子氣的男生，沒想到他竟然開始寫故事了？這件事實在讓人很不高興。她無法接受這件事，一定要澈底打擊宗介的士氣才行。

不然，我也來寫故事？

葵突然閃過這個念頭。

她每年都看超過一百本書，應該可以輕輕鬆鬆就寫下傑出的故事，作品當然也會在比賽中獲得優勝。到時候不僅能領取獎金，搞不好還會以小學生作家的身分踏入文壇，大家都會對她讚不絕口。宗介看到這個結果，一定會沮喪的覺得「我果然沒有才華」。嗯，這樣的計畫太完美了。

葵立刻翻開筆記本，想要咻咻咻的創作故事，沒想到……

過了十分鐘、二十分鐘，她連一個字都寫不出來。先別說故事情節了，她甚至想不出角色和開頭的第一句話。

她也知道自己的問題，因此臉色漸漸發白。

她忍不住一次又一次在心裡大叫：「怎麼可能會有這種事！」

宗介可以寫出那樣的故事，連他都能寫出讓人覺得有趣的故事，自己怎麼可能寫不出來？照這樣下去，她就要輸給宗介了，她絕對無法忍受這種事。趕快想，趕快想啊。

但是，不管她再怎麼絞盡腦汁，也想不出任何一個字。焦急、煩躁和打擊，讓她幾乎快崩潰了。

不是自己的問題。葵開始找藉口。

「這不是我的錯，只是今天沒有靈感而已。我要寫功課，媽媽又一下子叫我吃飯，一下子要我去洗澡，不停打斷我。因為一直被打斷，我才會寫不出來。沒錯，如果是非寫出故事不可的狀況，一定可以下筆如有神，輕鬆寫出驚人的傑出作品。因為……我比宗介看過更多書，也很聰明，所以絕對比他更有才華！」

她逞強的嘀咕著。

這時，房內響起一個沙啞的聲音。

「呵呵！真的是這樣嗎？既然如此，我帶你去一個可以充分發揮才華的地方。」

「啊？」葵從來沒有聽過那個聲音，忍不住回頭張望。

她看到一雙閃著金色的眼睛，正目不轉睛的注視著自己。

第2章

金眼貓的邀請

story 2

「啊啊啊啊！」

葵忍不住嚇得尖叫起來，整個人向後仰。但是下一剎那，發生了更驚人的事。明明剛才還在自己的房間，下一秒她竟然站在一個陌生的地方。

這裡似乎是某棟建築物的內部，天花板很高，地上鋪著大理石，身後有很長的走廊，前方有一道很大的門。

拱門狀的白色大門周圍，鑲了美麗的藍色、白色和黑色磁磚，散發出令人心動的神奇感覺。

所有的驚訝和疑問都從葵的腦海中消失，她一心只想趕快推開那道門。

那道門後，一定有令人難以置信的好東西。

但是，正當她伸出手，準備打開那道門的時候。

「一旦打開那道門，就再也無法回頭了。」

葵聽到一個沙啞的聲音，驚訝的回過頭。

起初她並沒有看到是誰在說話，仔細觀察後，才發現大理石地上有一隻貓。

雖說是貓，但牠並不是那種可愛的貓咪。不知道是不是上了年紀，那隻貓很瘦，灰色的毛也沒有光澤，看起來一副不好惹的模樣，感覺滿狡猾奸詐的。

但是，牠有一雙漂亮的眼睛，金黃色的眼眸比寶石還要閃亮。

葵在驚嘆的同時，也了解到一件事。剛才自己在房間看到的那雙金色眼眸，原來就是這隻貓的眼睛。

無論是自己為何突然來到這裡，還是眼前這隻貓，都令人感到奇怪，這到底是怎麼一回事？

啊，該不會是在做夢吧？沒錯，一定是做夢。

葵忍不住有點沮喪，但那隻

貓用沙啞的聲音對她說：

「小妹妹，你的心情還好嗎？做好去探險的準備了嗎？」

貓竟然在說人話！葵以前從來沒有做過這麼奇幻的夢，忍不住感到驚訝。

但這只是開始而已，因為貓接下來說了超級離譜的話。

貓繼續向愣在原地的葵說明。

這裡是名叫「世界圖書館」的地方，收藏了全天下所有的故事。每個書架上的書，都由名為「故事守護者」的管理員負責守護。

有一個叫格啦E夢的魔王，整天都在動歪腦筋，想對這些故事下手。不久前，魔王就趁機下了毒手，導致有些故事已經遭到破壞。

最後，貓介紹了自己。

「我的名字叫伊丁，是這家圖書館的守護者。故事守護者就像是圖書管理員，我差不多就像是警衛……嗯？怎麼了？你一直都沒有說話，看你的表情，似乎是有話想說？」

葵聽到貓這麼說，終於開了口。

「我第一次做這麼奇怪的夢，我要趕快醒過來。魔王？故事遭到破壞？太莫名其妙了。而且貓是警衛又是怎麼一回事？圖書館裡怎麼可能會有貓？」

「哎呀，為什麼呢？」

伊丁語帶嘲諷的說：

「很久很久以前，每個圖書館一定都會有貓。因為以前的書都是把羊皮經過軟化處理，用羊皮紙做的，但是老鼠經常會去啃羊皮紙，所以圖書館都會養貓來保護書籍。你竟然不知道這件事嗎？」

葵覺得別人說：「你竟然不知道？」這個問題簡直是天大的屈辱，即使在夢中，她仍然忍不住火冒三丈，狠狠瞪著伊丁。

但是伊丁完全不在意，甚至露出無奈的眼神看著葵。

「而且，你竟然覺得這是一場夢，真是太可悲了！看來你這個人的直覺超級遲鈍。真懷疑我找你來這裡，是不是看走眼了？」

這隻貓說話的語氣太過分了，葵越聽越火大。

既然這樣，更要趕快從夢中醒來，她實在是受夠了讓人這麼不愉快的夢。

但是，即使她拚命想要「趕快醒過來！」也發揮不了任何作用，用力捏身體各個部位，也完全沒有效果。

自己無法走出夢境，卻可以清楚感受到疼痛，這該不會是……

葵漸漸陷入了混亂。

「不、不可能，這……這一切絕對不可能是真的，絕對不可能！

我剛才明明在自己的房間裡，以人類目前的技術，根本不可能瞬間移動到這種地方，而且世界上也不可能有會說人話的貓！我無法相信！這是夢！這絕對是在做夢！」

葵抱著頭大叫，伊丁卻像在看好戲似的看著她。

「哼，原來你這麼頑固，堅決不願意承認現實是嗎？頑固至此，可以說是個狠角色了。」

「喂！你只是跑進我夢裡的角色，不准用這種口氣對我說話，感覺像是沒有把我放在眼裡，令人聽了很火大。」

「喔，原來你知道我沒把你放在眼裡啊？佩服，佩服。」

「我討厭你……」

「喔，那我們有志一同，我也討厭你。」

葵第一次當面聽到別人說討厭她，內心很受傷。

伊丁目不轉睛的看著有點畏縮的葵，牠那雙金黃色的眼睛似乎變得更深邃了。

「像你這種人，就是所謂的光說不練、自傲自大。自以為知識淵博，整天炫耀一些微不足道的知識，把自己的常識強加於人。真正有智慧的人會更加謙虛，也充滿求知欲，他們求知若渴，不會輕易說什麼『不可能！』這種話，因為他們了解自己的不足。」

「但是……這種事根本不可能……」

「唉，你這個孩子真麻煩，我深刻體會到，找你來這裡真是太失策了。」

伊丁不耐煩的晃動尾巴。

「好吧，那你就當作在做夢。你正在做夢，這麼想就沒問題了吧？總之，我要繼續說下去。我剛才也說了，因為魔王格啦E夢的襲擊，有一個故事世界已經遭到破壞，目前仍然持續崩解中，希望你能進入那個世界，把故事修復成原來的樣子。我找你來這裡，就是為了這個目的。怎麼樣？你聽懂了嗎？」

葵聽懂了貓說的內容，但是無法接受。因為即使故事世界崩解，和她也沒有任何關係。

更何況葵雖然很愛看書，但她並不喜歡編出來的故事。她覺得故事——尤其是奇幻故事或是童話故事——是給小孩子看的，有些書專門寫現實中不可能發生的事，簡直無聊透頂，看那種書根本是浪費時間。所以她只看可以吸收知識的書，或是能讓別人覺得「你看得懂這麼高深的文學書？好厲害」，對她感到佩服的書。

現在這隻貓竟然要自己去修復故事，她忍不住覺得「我為什麼要做這種事？」

也許她臉上的表情透露了內心的想法，伊丁笑了笑說：

「你不必擔心，我已經先派了真正的救世主去那裡。」

「真正的救世主？」

「是啊，他和你不一樣，充滿了求知欲，希望了解所有自己有興趣的事，所以很可靠。你只是協助的角色，也就是配角，所以你也可以拒絕。」

伊丁故意打了一個呵欠。

「說實話，我對你沒有一丁點期待，連一隻螞蟻大小的期待都沒有。只不過是因為你和某人的性格完全相反，所以覺得搞不好可以派上一點用場。我是基於這種想法才把你找來這裡。怎麼樣？如果你想回去，現在就可以馬上回去。」

葵聽了伊丁這番話，內心的怒氣達到了顛峰。她這輩子從來沒有這麼生氣過。雖然明知道伊丁是在用激將法，卻仍然忍無可忍的大聲吼著：

「好啊！既然你這麼說，那我就答應你！但是，我才不是協助那個真正救世主的配角！我會靠自己完美修復故事！」

「哼，你的口氣倒不小，那就讓我見識一下你的本事吧！你可以打開那道門了。」

葵聽了伊丁的話，氣鼓鼓的轉身面對那道門。那道門雖然很巨大，但她的手才剛碰到門扉，門就無聲無息的自動打開了。

門內是一個房間，牆壁和天花板都以磁磚拼成充滿異國情調的馬賽克圖案，打造出豪華的感覺。

房間中央鋪了一塊用紫色、紅色和金色絲線編織而成的精美地毯，上面放了一盞陳舊的金屬神燈，金屬神燈的長嘴不停吐出黑色的東西。

葵看了忍不住大吃一驚，因為金屬神燈長嘴中吐出的，竟然是很小的文字。文字像砂子般從長嘴溢出，掉在地上和地毯上，恐怕很快就會淹沒整個地面。

伊丁靜靜的說：

「這裡是《天方夜譚》區，你知道《天方夜譚》的故事嗎？」

「我當然知道。」

葵急忙回答，以免那隻貓繼續小看她。

「《天方夜譚》又稱為《一千零一夜》，故事在講一個名叫雪赫拉莎德的聰明女人，為了保護自己不被國王殺害，所以說了一個又一個故事給國王聽。國王因為想繼續聽故事，就讓她活了一千零一夜。不是嗎？」

「哼，你倒是很了解嘛。」

「當然啊，這是很有名的故事，我以前曾經在某本書上看過故事簡介，所以記得很清楚。」葵忍不住挺起胸膛。

「你該不會因為看過簡介，就認為自己知道《天方夜譚》的故事吧？」伊丁問。

「啊？這有什麼問題嗎？」

葵滿臉錯愕，伊丁則是很受不了的搖晃著鬍子說：

「你這個孩子啊……所謂的簡介就只是介紹而已，主要在告訴大家有這樣的故事，希望大家產生興趣……好，沒關係，反正那個神燈裡就是《天方夜譚》的世界。你也看到了，文字都跑了出來，以前從來沒有發生過這種事，希望你可以進入《天方夜譚》的世界，阻止這種情況繼續惡化。雖然我對你不抱什麼期待……」

「最後這句話是多餘的！你這隻貓真讓人火大！」

葵氣鼓鼓的插著腰。

「好啊，那我就去那裡，但是，我要怎麼進入《天方夜譚》的世界？而且要怎麼修復故事呢？」

「進入故事世界的方法很簡單，只要摸一下那盞神燈就行了。至於修復……只要找到魔王格啦E夢偷走了什麼，就可以解決，但是必須進入故事，才能知道到底是什麼被偷走了。」

「是喔。」

葵稍微放心了。

童話故事的世界都很簡單，畢竟都是給小孩看的，只要用自己掌握的知識，一定能輕而易舉的查到被偷走了什麼。不，一定要查出結果，然後讓這隻老貓閉上牠的臭嘴，對自己心服口服。

葵充滿鬥志的準備走向那盞燈。

這時，伊丁再次開口。這次牠只是輕聲呢喃，說話的聲音幾乎融化在空氣中。

「你或許看了很多書，但你擁有的這些知識，有辦法在幻想世界中發揮作用嗎？」

「什麼？你說什麼？」

「在故事的世界裡，想像力就是力量，希望你不要忘記這一點。除此之外，如果你能順利拯救《天方夜譚》的世界，或許還能獲得自己寫一個故事的機會作為犒賞。」

「啊？真的嗎？」

如果真有這樣的犒賞，她更要好好努力了。

她想起自己不願意輸給宗介的事，雙手不由自主的握緊拳頭。

葵踮起腳尖往前走，盡可能避免踩到地上的文字，然後伸手摸了那盞神燈。

在指尖碰到神燈的瞬間，神燈發出「咻咻」的聲音，聽起來就像水壺裡的水燒開了。

葵被一股巨大的力量拉進了燈內。

第3章

阿里巴巴的豪宅

story 3

「啊啊啊啊！」

葵立刻閉上眼睛，把身體縮成一團。

她感覺到風，聞到青草和泥土的味道，以及水果的香氣，還有從沒聞過的香噴噴美味佳餚。

葵似乎順利進入了故事的世界。

沒什麼好擔心的，我這麼聰明，不會像普通人那樣感到害怕。沒問題，不會有問題的。

葵這麼告訴自己，然後戰戰兢兢的睜開眼睛。

眼前是個偌大的中庭，地上種滿美麗的鮮花，樹上結滿了柳橙和無花果之類的果實。

中庭後方是一棟富麗堂皇的房子。現在是晚上，所以窗內都亮著燈，遠看就像是寶石。

「這裡……就是故事中……天方夜譚的世界嗎？」

眼前的景象完全就是故事中的畫面。富麗堂皇的房子、氣派的庭院，唯一可惜的是，庭院內有許多驢子。葵數了一下，總共有十九頭驢子，每頭驢子的鞍上都掛了兩個油甕。

「這三十八個油甕是什麼呢？世界名著《天方夜譚》中有提到這個嗎？」

葵努力回想著，她覺得自己像是偵探在進行調查。首先要蒐集線索，然後進行分析和推理，這樣就能找出故事被魔王偷走了什麼。她必須趕快行動，因為有另一個救世主，也就是葵的競爭對手進入了這個世界，對方也同樣在找故事中被偷走的東西。

絕對不能輸給競爭對手。葵這麼想著，決定走向那棟房子。

就在這個時候，突然有人抓住了她的肩膀。

葵嚇了一跳，轉頭看向後方。

一個年紀和她相仿的矮個子男生站在她身後，穿了一件褲腳過長的白色長褲和一件有紅色刺繡的短袖襯衫，頭上還綁了一條乳白

色頭巾。

他的皮膚很白，頭髮是棕色的，而且五官無論怎麼看，都像是歐美國家的人。

他用充滿好奇心的黑色眼睛注視著葵，小聲的對她說：

「過來這裡！趕快躲起來！」

「啊？為什麼？」

「你先別問這麼多，快啊！」

葵還沒搞清楚狀況，就被拉進旁邊的樹叢。葵納悶的眨了眨眼睛，那個男生則是鬆了一口氣說：

「太好了，真是千鈞一髮。如果你再靠近一點，就會被躲在油甕中的強盜發現了。一旦被他們發現，他們一定會殺了你。」

「殺我……你、你剛才說有強盜？」

有強盜躲在油甕裡的故事……

「這裡是〈阿里巴巴和四十大盜〉的故事！」

葵興奮的小聲叫了起來，聽見葵的話，男生仔細打量她。

「故事……你果然是從外面世界被派來這裡的人。」

男生無奈的搖搖頭。

「八成又是伊丁幹的好事。我再三告訴過牠我不需要幫手，雖然很高興牠這麼關心我，但牠真的太多管閒事了。這個世界必須由我來修復，即使沒有別人的協助，我也有可能完成任務。」

葵了解狀況了，眼前這個男生，就是伊丁先派來這裡的救世主，也就是葵的競爭對手。

沒想到自己的對手竟然是男生。男生本來就很討厭，自己根本不想和他們說話，而且這個男生還覺得她很礙事，葵感覺受到了雙重屈辱，忍不住用吵架的語氣反駁。

「我把話先說在前頭，我可沒有想要幫你的意思！我要靠自己拯救這個世界！」

男生聽了葵的話，驚訝的瞪大眼睛。

「我以為你是一個文靜的人，沒想到脾氣這麼差。對了，我們還沒有互相自我介紹。我叫理察，如果你覺得這個名字不好叫，叫我法蘭就行了。」

「為什麼又叫法蘭？」

「因為我中間的名字叫法蘭西斯，所以簡稱為法蘭。」

「是喔，我叫帆坂葵，你叫我葵就好。不過這件事不重要，你要先收回剛才說的話，不然好像我是不中用的廢物。」

「如果我的話讓你聽了不高興，我向你道歉，但是你確實幾乎幫不上忙，因為你手上並沒有書，不是嗎？」

「書？」

「就是這個。」

法蘭從掛在腰上的袋子裡拿出一本書。

那本書不大，但像字典一樣厚重。書的封面用金色、藍色和紅色畫滿了美麗的圖案。

這本書散發著神奇的魅力，光是看幾眼，心情就忍不住激動起來。葵目不轉睛的看著那本書，即使沒有人告訴她，她也清楚知道那本書是很特別的東西。如果它能屬於自己，不知道該有多好。

葵對書的渴望像火一般，在內心燃燒起來。

法蘭充滿憐惜的摸著書的封面說：

「這本書創造了天方夜譚的世界。這個世界的所有故事都寫在這本書裡，我剛才也是因為書上寫了你的事，所以才能在緊要關頭救了你。」

「別騙我了，怎麼可能會有這種事？」

「我沒騙你，不信的話你可以自己看。」

葵探頭看著法蘭翻開的那一頁。

強盜首領假裝是賣油商人，要求手下躲進油甕裡，然後每個驢鞍上各掛了兩個油甕，偽裝成行商的商隊，上門去找阿里巴巴，用一副走投無路的樣子，要求借宿在阿里巴巴家中。

善良的阿里巴巴欣然迎接了強盜首領，也讓首領把十九頭驢子牽到中庭。但是阿里巴巴做夢也沒有想到，可怕的強盜竟然躲在那些油甕裡。

強盜順利進入阿里巴巴家中，強盜首領還若無其事的接受阿里巴巴的款待。那些強盜都躲在油甕裡屏氣凝神，一動也不動，因為首領命令他們：「到了半夜時分，我會發出暗號。在聽到我的暗號之前，你們躲在油甕裡不要輕舉妄動。」

天黑之後，一個打扮奇特的少女，不知道從哪裡冒了出來，出現在中庭。

少女穿越中庭，打算走向房子。如果強盜們聽到她的腳步聲，一定會從油甕中跳出來，用刀砍向她的脖子。

但是，幸好沒有發生這樣的事。

在強盜聽到少女的腳步聲之前，一名少年從暗處衝了出來，一把將少女拉到樹叢後方。

看到這裡，葵露出驚愕的表情。

自己真的出現在這本書裡，書上也如實描寫了剛才發生的事。

法蘭對一臉茫然的葵說：

「我沒說錯吧？現在你相信了嗎？這本書上所寫的內容，就是這個世界發生的『現實』。相信你也已經發現了，這裡就是〈阿里巴巴和四十大盜〉的世界。你應該知道這個故事吧？」

「當然知道啊！」

葵瞪著法蘭，覺得他太小看自己了。

「不就是那句『芝麻，開門！』很有名的故事嗎？那是打開強盜埋藏金銀財寶的山洞的咒語，阿里巴巴意外得知這個咒語，於是偷走了他們的財物，將寶物占為己有。」

「沒錯沒錯，就是那個故事。但是強盜們發現了這件事，決定向阿里巴巴報仇，目前剛好是強盜進入阿里巴巴家的時候，即將進入故事的後半段。機智的女傭瑪奇娜即將從屋子裡走出來，因為油剛好用完了，所以她打算從油甕裡取一些油使用，於是發現強盜躲在油甕內。」

「你不需要長篇大論的說明，我知道故事內容。只有一個油甕裡真的裝了油，瑪奇娜就把油燒得滾燙，然後把熱油倒進一個又一個油甕內，把那些強盜都燙死，對不對？」

葵不禁在心裡想著，真不希望看到這一幕，她得趕快離開這個世界才行。

「先不說這些，你在這裡幹什麼呢？」

「我在觀察故事的發展。雖然知道魔王格啦E夢偷走了關鍵字，卻不知道被偷的關鍵字是什麼。截至目前為止，故事情節並沒有任何不對勁的地方，所以只能繼續觀察。」

「是喔，故事已經進入後半段，你還不知道嗎？」

葵逮到機會，狠狠的挖苦法蘭。

「我可是已經知道了。」

「真的嗎？」

「嗯，我剛才數了一下，這裡只有三十八個油甕，其中有一個油甕裝了油，所以只有三十七個強盜，即使加上首領，總共也只有三十八個人，所以根本沒有四十個強盜。我想魔王應該是偷走了兩個強盜吧？」

啊啊，我真是個天才。葵在內心對自己讚不絕口，自信滿滿的說出想法。

沒想到，法蘭竟然對她搖了搖頭。

「不，現在這樣沒有問題。原本有四十個強盜，但劇情發展到這裡時，剩下三十八個強盜沒錯。」

「咦？是、是這樣嗎？」

「對啊，因為首領派兩個強盜去鎮上打聽偷走金銀財寶的人，雖然那兩個強盜都找到了阿里巴巴的家，卻因為阿里巴巴家機智的女傭瑪奇娜從中作梗而失敗了。於是強盜首領氣急敗壞，將那兩人關進了地牢，所以故事發展到這裡，除了一名首領以外，有三十七名手下，其中一個油甕裡裝了油，也就是說，總共是三十八個強盜沒有錯。」

「是這樣嗎？」

葵印象中的世界名著《天方夜譚》，並沒有寫到這些細節。

原本家境貧窮的阿里巴巴，意外發現並偷走了四十大盜埋藏的金銀財寶。強盜得知這件事後，去找阿里巴巴報仇，但機智的女傭瑪奇娜將計就計，擊退強盜，最後有了完美的結局。

世界名著全集中，只有簡單介紹粗略的情節，所以葵也只知道粗略的故事。

但是葵並不想告訴法蘭這個事實，所以故意裝糊塗說：

「對喔，哈哈，你這麼一說，好像是這樣，書看完我就忘記內容了。所以魔王偷走的並不是強盜。」

「嗯，被偷的不會是強盜，而且至今為止，魔王格啦E夢從沒有對故事人物下手過。我猜那傢伙應該也沒這麼大的能耐，所以被偷走的……」

法蘭的話還沒說完，就不得不停下來。有好幾顆小石頭從房子所在的方向飛過來，「嗒、嗒、嗒」的打中掛在驢子身上的油甕。

一個又一個男人紛紛從油甕中走出來，每個人都滿臉橫肉。他們圍在其中一個油甕四周，從油甕裡拿出武器，然後帶著這些武器躡手躡腳的行動，如貓一般俐落的跑向屋內。

法蘭激動的輕聲叫了起來。

「瑪奇娜沒有出現，所以她沒有阻止那些強盜進屋！故事情節改變了！」

「所以被偷走的關鍵字是瑪奇娜嗎？」

「不，不可能。我剛才也說了，格啦E夢從來沒有對故事角色下手過，他應該也沒有那麼大的能耐。總之，先來確認一下書上是怎麼寫的。」

法蘭翻開書，葵也立刻伸長脖子，和法蘭一起確認故事內容。

過了一會兒，有幾顆小石頭被丟向中庭，打中了油甕，發出「嗒、嗒、嗒」的聲音。

三十七名強盜立刻就知道了，這是首領在向他們打暗號，於是紛紛從油甕中鑽了出來，又從最後一個油甕中拿出武器。他們緊握武器，目露凶光的衝向屋內。

首領帶著這群強盜，很快就制伏了阿里巴巴一家人，將他們團團包圍。

包括阿里巴巴在內的所有人都嚇得渾身發抖，一個勁的乞求強盜饒命。那群強盜嘲笑他們，對他們大開殺戒。

強盜終於報了仇，把沾滿鮮血的刀子掛在腰上，心滿意足的離開阿里巴巴家。

全劇終。

葵嚇得臉色發白，這個結局未免太淒慘了。如果依照書上的情節發展，阿里巴巴全家都會被殺光的。

這時，法蘭拔腿跑向房子。葵驚訝的問：

「喂！你要去哪裡？」

「光看書不行！我要親眼看一下屋內的情況，也許就能知道被偷走的是什麼！」

「太、太危險了，屋內有強盜啊！」

「我知道！但是探險總會伴隨著危險，只要我悄悄靠近，就不會有問題！」

這樣做明明大有問題！葵雖然很受不了，但還是跟著法蘭一起跑了過去。她覺得獨自留在這裡很可怕，而且她也想知道屋內到底發生了什麼事。

他們進入屋內，躲在柱子後面朝裡頭張望。

強盜們手上拿著刀，包圍了幾個人。那幾個人應該就是阿里巴巴和他的家人，他們個個臉色發白，渾身發抖。

一個衣著打扮很貴氣的男人，用陰險的語氣，對著像是阿里巴巴的人說：

「你這個大膽又不知天高地厚的傢伙，竟敢偷走我們的寶物！雖然你哥哥是被一刀砍死，但我們會一刀一刀慢慢砍你，把你折磨到天亮！」

葵聽到這裡，忍不住小聲問法蘭：

「阿里巴巴有哥哥嗎？」

「有啊，就是貪婪的卡西姆。他從阿里巴巴口中得知山洞裡藏了金銀財寶，所以就跑去偷，但他離開時忘了『芝麻開門』的咒語而無法離開山洞，剛好被回去的強盜撞見。卡西姆因為這個原因被殺，但強盜也因此找到了阿里巴巴。雖然卡西姆是配角，卻是個很重要的角色。你真的知道〈阿里巴巴和四十大盜〉的故事嗎？」

「當、當然知道嘍！先不說這些，接下來該怎麼辦？照這樣下去，阿里巴巴他們都會被殺掉的。你還沒有找到關鍵字嗎？」

「等一下，我正在想……我覺得好像知道了。對了，原來是這樣。嗯，八成就是這麼一回事！」

法蘭不知道從哪裡拿出一枝羽毛筆，翻開了書，用羽毛筆在上面寫了起來。

法蘭在書上寫了「強盜的油」這幾個字後，整本書立刻發出耀眼的光芒，隨後強盜和阿里巴巴一家人竟然全都消失了，彷彿一切歸零，書的內容也變成一片空白。

「你、你做了什麼？」

「我把被偷走的關鍵字放回故事中了。嗯，這似乎是正確答案，你看，故事開始修復了。」

法蘭興奮的在葵面前把書攤開。葵發現法蘭剛才寫的字消失了，書上出現新的文字。

彷彿有肉眼看不見的手，正用無形的筆，在紙上行雲流水般的寫下故事。葵驚訝的同時，也看著出現在書上的新內容。

上面的確出現了機智的瑪奇娜得知強盜躲在油甕中，然後用滾燙的油把他們燙死了。

葵一直看到最後強盜首領被打敗，迎來完美的結局。

太好了。葵鬆了一口氣，法蘭也滿意的點了點頭。

「這才是〈阿里巴巴和四十大盜〉的故事。嗯，太好了，終於修復完成。」

「所以關鍵字是『強盜的油』？你是怎麼發現的呢？」

「嗯，剛才看到書上寫的內容，我就開始納悶了。上面不是寫著這些強盜『從最後一個油甕中拿出武器』嗎？原本的故事中並沒有這樣的情節，應該是三十八個油甕中，有三十七個躲著強盜，另一個油甕裡真的裝滿了油，而且也沒有看到瑪奇娜出現，於是我就想到，被偷走的是『油』。」

「是喔，沒想到你還挺厲害的。」

多虧了法蘭，阿里巴巴一家才能順利得救。但是葵的內心很不甘心。照理說，應該是自己找到答案，結果因為太著急反而忽略了這點。

算了，反正還有機會。葵抬起頭，發現周圍變成一片神祕的白色空間。

「結束了嗎？故事已經修復完成了嗎？」

「不，如果修復完成，我們就會回到世界圖書館。這代表天方夜譚的世界中，還有其他慘遭格啦E夢毒手的地方。我們去下一個故事看看。」法蘭說完，翻開了下一頁。

〈阿里巴巴和四十大盜〉的下一頁原本沒有寫任何文字，但很快的，上頭浮現出淡淡的幾個大字。

〈阿拉丁和神燈〉

第4章

阿拉丁王國

story 4

葵以前從沒看過〈阿拉丁和神燈〉，只知道大概的故事情節。窮小子阿拉丁在一個神祕山洞內，發現了一盞舊舊的油燈，不過那盞油燈是一盞神燈，只要摸一摸，神燈精靈就會出現，實現神燈主人的所有願望。阿拉丁藉著神燈的力量和公主結婚，過著幸福快樂的生活。

然而，書裡實際寫的故事，有很多葵所不知道的內容。

有一個邪惡的魔法師，想要利用阿拉丁獲取神燈，於是送給阿拉丁一枚裡頭有戒指精靈的戒指。

神燈所在的山洞裡，有很多結滿五顏六色寶石的樹木，這些寶石後來成為美麗公主和阿拉丁產生交集的關鍵。

阿拉丁為了配得上公主，接連向神燈精靈許願，得到各種金銀財寶。

接下來的故事內容還有：魔法師騙走公主和皇宮，以及阿拉丁向神燈精靈許願想要巨鳥的蛋，結果精靈勃然大怒等令人驚心動魄的情節。

向來不把童話故事或奇幻小說放在眼裡的葵，也忍不住被故事吸引。讀著故事內容，腦海中也浮現出各種生動畫面，讓她越看越興奮。

但是法蘭和她不一樣，他看了故事內容後，眉頭越皺越緊。

當故事來到尾聲時，法蘭不停歪著頭納悶。

「太奇怪了，完全沒有發現任何被更動的地方，這就是我所知道的〈阿拉丁和神燈〉。」

「被偷走的會不會是下一個故事的關鍵字呢？話說回來，還是看完結局再說，你趕快翻下一頁。」

葵已經完全被〈阿拉丁和神燈〉的故事吸引，想繼續看下去，所以催促著法蘭翻頁。

下一頁寫著以下的內容。

不久後，阿拉丁登上王位，統治支那王國。阿拉丁直到死之前，都過著幸福快樂的生活。

雖然想這樣結尾，但年邁的阿拉丁國王漸漸有了極大的煩惱，那就是他始終無法決定該把王位傳給阿默德王子，還是夏坎王子。

「太荒唐了！」

法蘭突然大叫起來，葵也被嚇得跳了起來。

「啊，嚇了我一大跳！喂！你不要這樣嚇人好不好！快被你嚇出心臟病了！」

「對不起，但是我也被故事內容嚇到了。照理說，故事最後應該是雪赫拉莎德對國王說：『阿拉丁直到死之前，都過著幸福快樂的生活。〈阿拉丁和神燈〉的故事結束了，但是我還知道更有趣的故事。偉大的國王，我現在就來說這個故事給你聽。』然後開始說下一個故事。原本的故事中，根本沒有阿默德和夏坎這兩個人的名字。」

「所以這是怎麼一回事呢？」

「看來故事沒有結束，而是拖拖拉拉、無止境的繼續下去。」

葵看到法蘭露出嚴肅的表情，忍不住笑了起來。

「那有什麼關係呢？這樣不就可以繼續看故事了嗎？」

「你在說什麼啊！當然大有關係！」

法蘭凶巴巴的說。

「故事在該結束的時候結束，才是美好的故事。『他們從此過著幸福快樂的生活』，之後的內容，應該由讀者自己發揮想像才能享受樂趣。但是現在，故事打破了這個規矩，任誰都不想看這種狗尾續貂的內容。」

但是葵並不理解法蘭說的話，聽到法蘭的反駁，反而感到很生氣，認為他說這種自以為是的話，真是太讓人火大了。

葵從見到法蘭的那一刻起，就很不喜歡他，現在她終於知道自己不喜歡他的原因了。因為法蘭讓她想起宗介，尤其是那調皮的眼神、不輕易氣餒的性格都很像。

絕對不能輸給他。無論遇到任何狀況，自己都非贏不可。所以葵用嘲諷的語氣說：

「是嗎？只要是愛看書的人，發現故事變長，不是應該有賺到的感覺嗎？」

葵剛說完這句話，立刻大吃一驚，因為她發現自己和法蘭正處在一個從來沒有見過的大市集。

在燦爛陽光的照耀下，馬路兩旁有很多攤位，販售著各式各樣的商品。五顏六色的辛香料堆積如山，麵包、水果和堅果也都堆得高高的，還有漂亮的地毯和布料，以及容器、花瓶和閃著金光的首飾，人們牽著羊或駱駝，市集內擁擠不堪。

「什、什麼時候……」

「你沒發現嗎？我們確認故事結尾的時候，就已經來到這裡，進入這個世界了。」

「是喔。」

法蘭泰然自若的態度，讓葵感到很不甘心，覺得自己又輸給對方了。話說回來，為什麼法蘭對這個世界瞭若指掌？是因為他擁有那本書嗎？如果是這樣，那自己也想要那本書。

葵帶著嫉妒和渴望，目不轉睛的看著法蘭緊握在手上的書。

法蘭用力深呼吸後說：

「我也是第一次遇到這麼奇怪的狀況，必須繼續看下去才行。因為接下來的故事情節根本不存在於原本的故事中，所以我也不知道之後會發生什麼事。」

法蘭說完這句話，正想要繼續看書，就在這時……

咚！咚！

市集內響起巨大鼓聲。所有人都被響亮的鼓聲嚇了一大跳，轉頭看向聲音傳來的方向。葵和法蘭也不例外。

轉頭一看，一頭白色大象在眾多士兵的包圍下，緩緩走了過來。一名年輕男子坐在大象身上，穿著鑲滿寶石的盔甲，紅色斗篷隨風飄向後方，頭巾上也鑲了寶石。雖然男子的五官看起來很英俊，但脾氣似乎滿暴躁的。

男人來到葵和法蘭身旁，讓大象停了下來，粗聲粗氣的說：

「大家聽好了！我的父親

阿拉丁和哥哥阿默德王子都突然生病、臥床不起，所以從今天開始，我——夏坎，就是統治這個國家的國王！不，你們完全不必感到不安，我雖然年輕，但是充滿力量和勇氣，最重要的是，父親認定我是他的接班人，因此將神燈交給了我。你們看，神燈就在我手上！」

那個自稱是夏坎的男人，從腰帶上拿出一盞看起來有點舊的神燈，並且高高舉了起來。

「耶耶耶耶！」周圍的民眾都歡呼起來。

「是神燈，是神燈。」

「既然阿拉丁國王把神燈交給了夏坎王子，就表示他指定由夏坎王子繼承王位。」

「新的國王誕生了。」

「但是，不光是阿拉丁國王，連阿默德王子也突然生病，這不會太巧了嗎？」

「噓！不要亂說話，無論發生什麼狀況，目前神燈在夏坎王子手上是不容置疑的事。」

「夏坎國王萬歲！」

雖然有人感到困惑和不安，但歡呼「萬歲！」的聲音越來越響亮。夏坎聽到大家的歡呼聲，露出滿意的表情。

但是，有一個人無法接受，那就是葵。

葵覺得夏坎說的話和臉上的表情都很可疑，忍不住對身旁的法蘭說：

「你不覺得很奇怪嗎？這樣的發展未免對夏坎太有利了吧？會不會是他偷了神燈，然後把阿拉丁和哥哥關起來？」

「噓！」

法蘭急忙摀住葵的嘴巴，但是來不及了，因為葵說話的聲音聽起來格外大聲，現場頓時變得鴉雀無聲。

所有人的目光都集中在葵身上，她終於回過神，感覺自己臉色發白。

闖禍了！她完全沒有想要引人注意。

她膽顫心驚的看向夏坎王子，王子也看著葵。夏坎王子的臉氣得發紫，眉毛也不停抖動。

夏坎王子對縮成一團的葵大聲咆哮。

「姑娘，你對我成為國王有什麼不滿嗎？竟敢說我是小偷！」

葵說不出話。從小到大，這是第一次有人這麼大聲對她說話，嚇得她魂不附體。

夏坎王子瞪著渾身發抖的葵，氣急敗壞的命令士兵。

「快把她抓起來！我無法原諒她這樣羞辱我！」

「是！」

幾名士兵跑了過來。法蘭見狀，立刻抓住葵的手，急忙逃進人群中。

「葵，快跑！快跑啊！」

「啊！嗯！」

「別走！」、「喂！不要跑！」身後傳來叫囂的聲音，葵聽到這些聲音，覺得自己必須趕快逃走才行。

但是她很快就氣喘吁吁、雙腳發抖，再也跑不動了。她的心臟撲通撲通狂跳，越來越喘不過氣。

難道自己會被那些士兵抓住嗎？一旦被抓住，肯定性命不保。啊，雖然知道這一切都是在做夢，但還是不想遇到這種事！

他們不顧一切的逃命，最後跑進一條小巷子，而小巷子的前方竟然是死巷。

「不會吧！怎麼會這樣！」

他們急忙想要轉身逃出小巷，但士兵已經追了過來。

這樣會被抓到，要是被抓住就真的完蛋了！

葵不由得陷入絕望，但法蘭露出下定決心的眼神，將書翻開。

「沒辦法，現在只能使用禁招了。」

法蘭說完，便在翻開的書頁上急忙寫下「魔毯」兩個字。

下一瞬間，書本發出光芒，一張用金線繡滿漂亮圖案的綠色絲綢地毯出現了。

那張地毯輕飄飄的浮在半空中。法蘭跳上地毯後，向目瞪口呆的葵伸出手。

「快上來！趕快！」

法蘭把葵拉上地毯，接著大聲命令。

「魔毯，飛吧！」

地毯先是像軍人打仗前那樣，士氣滿滿的抖擻一下，接著便載著葵和法蘭緩緩飛上天空。

第5章

書的規定

story 5

魔毯持續上升，距離地面和追趕葵與法蘭的士兵越來越遠。雖然很慶幸能順利逃走，但葵覺得魔毯越飛越高這點很可怕，忍不住緊緊抓住法蘭。

「這是什麼？這是什麼啊？」

「就是你在書裡看到的魔毯啊，我可以從書中把道具取出來。」

太厲害了！葵瞬間忘記了害怕。從書中取出想要的東西，那不是很棒嗎？她想把這本書占為己有的想法越來越強烈了。

但是，法蘭依舊愁容滿面。

「怎麼了？我們不是已經逃離危險了嗎？為什麼你還是愁眉苦臉

的呢？」

「我們的確逃離了士兵，但我正在反省，是不是還有其他更好的方法。老實說，我原本並不想把『魔毯』取出來。」

「為什麼？」

「因為〈阿拉丁和神燈〉的故事中是沒有這個道具的。你應該也知道，魔毯是出現在《天方夜譚》中〈阿默德王子和蓓莉芭娜仙女〉這個故事的道具。」

「我、我當然知道，但是那又怎樣呢？會有什麼問題嗎？」

「當然有問題啊。《天方夜譚》是持續進化的故事，會因為蒐集故事的人和翻譯的人不同，而導致各種不同的版本。所以，即使《天方夜譚》加了很多我不知道的故事情節，也不該把其他故事裡的東西硬塞進來。你看。」

法蘭將書的封面展示在葵面前。原本漂亮的書籍封面，已經有三分之一變成黏答答的黑色。

「怎、怎麼會這樣？剛才不是還好好的嗎？」

「因為我運用書的力量，把不是這個故事的東西加了進來。雖然這本書具有強大的力量，能決定這個世界的一切，但運用這種力量的規定很多，我應該更加小心謹慎。而且如果不當使用三次，或是答錯關鍵字三次，書就會完全變成黑色，到時候我們就永遠無法離開這個世界了。」

「啊？有、有這種事？」

「是啊。所以我們現在還剩下兩次機會，都怪你在夏坎面前說那種話。」

法蘭用帶著怨氣的眼神看向葵，葵急忙開口辯解。

「我沒想到會有這麼大的影響，而且夏坎王子太奇怪了，我不過是說了那句話他就暴跳如雷，實在太異常了。」

「你說的有道理，這代表他做了虧心事。也許你說得沒錯，夏坎就是從阿拉丁手中偷走神燈，把它占為己有。」

法蘭翻開書，想確認事情是否真的如他們所想。

書上寫了市集事件的後續發展。

夏坎王子回到城堡後，把自己關在房間內，氣急敗壞的來回踱步。士兵回報沒有抓到那個無禮的姑娘，所以他有些心神不寧。

「沒想到那個小丫頭，竟敢膽大包天說出那種話。她該不會知道我幹了什麼事吧？如果她真的知情，就必須趕快找到她，把她滅口。啊，對了！我手上不是有神燈嗎？」

夏坎急忙摸了摸神燈，神燈立刻冒出煙霧，一個全身綠色的巨大精靈現身了。

精靈恭敬的向夏坎鞠躬後說：

「主人，請問有什麼吩咐嗎？」

「嗯，精靈，白天有一個姑娘對我口出惡言，她身上穿的衣服很奇怪，應該是外國人。你趕快把她找出來，帶來見我。這就是我的願望。」

夏坎深信自己的願望馬上就可以實現，因為父親阿拉丁不止一次告訴他，神燈精靈可以實現主人所有的願望。

沒想到精靈竟然搖了搖頭說：

「主人，很抱歉，我無法做到。」

「什、什麼！為什麼？難、難道是因為我還不是國王嗎？」

「不，誰摸了神燈，誰就是我的主人。只是我無法完成你的命令，因為你提到的那個姑娘，似乎不是這個世界的人，而且我感覺到有一股神祕的力量在保護她。」

「難道是你這個神燈精靈也無法戰勝的力量嗎？」

「是。」精靈垂頭喪氣的回答。

夏坎生氣的跺著腳，對神燈精靈說：

「你竟然說這種莫名其妙的話！算了，你回神燈裡去吧！」

「遵命。」

精靈好像被吸入神燈般，「咻」的一聲消失了。

看到這裡，葵終於鬆了一口氣。神燈精靈似乎無法對自己出手，光是知道這件事，就令她十分慶幸。

但是，接下來的故事會怎麼發展呢？

葵很好奇，再次探頭繼續讀下去。

房間內只有夏坎一個人，他嘀咕著：

「哼，一個小丫頭而已，即使沒有精靈的力量，我也可以自己搞定她。問題是，我現在把父王和哥哥關在地牢裡，這件事不知道什麼時候會被人發現。如果那些臣子知道，我是因為搶走神燈才坐上王位，他們一定會造反，並且試圖把父王和哥哥救出來，把王位還給父王。」

是不是該殺了他們？夏坎陷入了猶豫。

但是，聽說殺害親人會受到神的詛咒。

夏坎不想繼續加深自己的罪惡，於是絞盡腦汁思考著，很快的，他想到了一個妙計。

「沒錯，乾脆讓精靈打造一個不會被任何人發現的孤島，再把他們丟到那裡。還要在島上建造一個住起來很舒服的洋房，每天請人送山珍海味給他們。只要讓他們在那裡衣食無虞，就不能說我大逆不道了。」

夏坎再次召喚精靈，準備執行自己的計畫。

城堡地底下的地牢內，被夏坎關在這裡的阿拉丁和阿默德正在竊竊私語。

「父王……夏坎會殺了我們嗎？」

「阿默德，你先別激動。保持平靜，努力活下去，然後思考如何從夏坎手上奪回一切。」

「但是神燈在他手上，我們根本不可能打敗他。」

「是啊，所以我們要把神燈拿回來，或是消除神燈精靈的神力。幸好，我們還有機會贏，你看這個。」

阿拉丁拿出一張小紙條，在阿默德面前攤開。

「這是什麼？」

「這是剛才獄卒偷偷塞給我的信，獄卒說：『只要是我力所能及的事，一定盡力相助。如果需要什麼，請儘管告訴我。』」

「太好了！」

「所以我剛才寫了一封信，打算等獄卒送飯進來時，請他幫我送出信件。」

「但是父王，您打算寫信給誰？那個人真的有辦法救我們嗎？」

「嗯，他一定能夠找到我們想要的東西，偉大的航海家辛巴達一定可以成功。」

第6章

辛巴達

story 6

「辛巴達！」

葵和法蘭都忍不住驚叫起來。

「辛巴達？是那個『航海家辛巴達』嗎？就是那個遊遍七海，每次都有無數奇遇的辛巴達嗎？」

「是啊，雖然辛巴達也是《天方夜譚》的其中一個故事，但是它和〈阿拉丁和神燈〉一點關係都沒有，完全是另一個故事的主角。哇，這下子慘了，《天方夜譚》的世界真的變得亂七八糟了。不光是故事沒完沒了，甚至還有其他故事混進來，簡直糟透了。」

法蘭抓著頭，葵忍不住幸災樂禍。

法蘭之前一直表現得從容不迫、處變不驚，好像所有事都難不倒他，沒想到一遇到問題，他馬上就變得六神無主。男生果然都很不可靠。

葵這麼想著，故意開口嘲弄他。

「你不是救世主嗎？伊丁對你讚不絕口，說你一定能夠修復故事，而且你自己剛才也這麼誇下海口，難道這麼快就要服輸了嗎？」

「即使你這麼說……不，你說得對。」

法蘭挺起胸膛說：

「現在不是苦惱的時候，必須想辦法解決問題，因為這就是我的使命。葵，謝謝你，多虧有你讓我重拾信心。」

「是、是喔，那很好啊。」

葵很懊惱，沒想到自己的那番話，反而激勵了法蘭。

但是法蘭很了解故事世界，向他打聽故事的情況，就能在關鍵時刻發揮作用。只要自己發揮才智，也許可以搶在法蘭之前解決問題，這樣一來，所有功勞就歸於自己了。

葵若無其事的問：

「接下來該怎麼辦呢？你應該知道接下來要做什麼吧？」

「按理說，只要找出魔王格啦E夢偷走的關鍵字，再把關鍵字寫在書上就能解決問題。就像剛才修復〈阿里巴巴和四十大盜〉的故事那樣。」

「『強盜的油』，對嗎？」

「對，寫在書上之後，關鍵字就會回到故事中，〈阿里巴巴和四十大盜〉也恢復原狀……但是，這次恐怕不能用這個方法。」

法蘭眉頭深鎖，低頭注視著書本。

「格啦E夢最喜歡關鍵字，越是重要的關鍵字，他就越垂涎，所以只要熟悉故事，就能馬上知道他偷走的是什麼關鍵字……但是這次，我完全沒有頭緒。」

「是不是你看得太馬虎了？」

「怎麼可能！我對天方夜譚世界中的所有故事都知道得一清二楚。但是〈阿拉丁和神燈〉的故事……格啦E夢真的有從這個故事裡偷走關鍵字嗎？」

「當然啊，否則故事怎麼可能變得這麼奇怪。」

「的確是這樣。嗯，算了，即使一直想也沒用，事到如今，要先結束這個故事，我總覺得這才是解決一切的線索。」

「你總覺得？聽起來是一個很不可靠的救世主。」

葵故意哪壺不開提哪壺，並且在內心偷笑著。

從剛才和法蘭聊天的過程中，葵知道了很多事。首先，只要把被偷走的關鍵字寫在書上，就可以修復故事。在面臨絕境時，只要把想要的東西寫在書上，就可以得到道具。嗯，太簡單了。目前最大的問題，就是自己必須拿到書。

葵指著法蘭手上的書問：

「我從剛才就覺得很奇怪，為什麼我沒有書？」

「那當然啊，因為在天方夜譚的世界裡，只有這一本書。」

「既然這樣，那你就把書給我啊。」

「不行，這是我的書。」

法蘭緊緊抱著書，好像在保護什麼寶物。

「除非是遇到緊急狀況，否則這本書都必須由我保管。不好意思，我不能把這本書交給你。」

「小氣鬼！借我拿一下又不會怎樣！」

「不行就是不行。」

葵聽到法蘭語氣堅定的拒絕，忍不住咬牙切齒。

如果沒有書，根本就無法做任何事。

於是，葵下定決心，一旦知道了關鍵字，她就要從法蘭手上搶走書，早一步把答案寫在書上。這樣一來，葵就能名正言順的拯救這個世界。

葵忍不住竊笑，覺得自己真是冰雪聰明。

法蘭看著書，突然叫了一聲。

「啊！你看，後續的故事又開始了。」

葵好奇的探頭確認。法蘭說得沒錯，原本空白的頁面上出現了文字。

獄卒從阿拉丁國王手上取得那封信後，就悄悄在深夜前往航海家辛巴達的家。

來到辛巴達的家後，獄卒輕敲了他的家門。雖然現在已是深夜，但辛巴達可能也察覺到發生了什麼不尋常的事，立刻前來開門和獄卒見面。

葵發現天色突然暗了下來，周圍的場景又變了。載著葵和法蘭的魔毯，在滿天星斗下，飄浮在如宮殿般氣派的房子上空。

法蘭突然坐立不安的說：

「葵，我們去那棟房子看看。」

「啊？為什麼？只要看書不就能知道故事會怎麼發展嗎？為什麼還要特地去看？」

「因為……他是辛巴達啊，那個大探險家辛巴達會出現啊！他是我最喜歡的故事主角，無論如何，我都想親眼看他在這個〈阿拉丁和神燈〉的故事中，會如何大顯身手！」

葵看到法蘭興奮不已的樣子，發自內心感到很不屑。

「莫名其妙……」

「你不要這麼說嘛。魔毯，悄悄靠近那個陽臺。」

魔毯聽從法蘭的命令，悄悄往陽臺的方向降落。從那裡可以清楚看到屋內的情況，一個看起來像是獄卒的男人，正跪在另一個年輕男人的面前。

「辛巴達先生，有一位偉大的人要我轉交一封信給您，請您收下這封信。」

這個人就是辛巴達。葵觀察著眼前的年輕男人。

辛巴達穿著一身華麗的服裝，手上戴了好幾個鑲著大顆寶石的戒指，下巴蓄留的鬍子很有光澤，顯然平時很注重保養。他看起來有點發福，比起探險和航海，似乎更像是喜歡美食和音樂的人。

「他就是辛巴達？」法蘭似乎也有點失望的嘀咕，看來故事在這個部分也變了調。

辛巴達完全沒有發現葵和法蘭在窺視，納悶的歪著頭問：

「偉大的人？他是誰啊？」

「我不能說出他的名字，俗話說隔牆有耳，總之請您看看這封信，您看了之後，就會了解所有狀況的。」

辛巴達聽了獄卒的話，接過那封信。當他看完信件抬起頭時，面露嚴肅的表情說：

「請告訴寫這封信的人，辛巴達一定會完成他的託付。」

「是，我相信那位偉人一定會很高興。」

獄卒喜出望外的離開了辛巴達的家。等獄卒一走，辛巴達立刻一把抓下自己的頭巾，如小孩子鬧脾氣般丟在地上。

「怎麼會這樣！我原本打算再也不出海了！這輩子都只想待在這棟漂亮房子裡，每天吃山珍海味，快樂逍遙到死！航海兩次已經足夠了，更何況我兩次都差點小命不保。啊啊啊，討厭！我錢多得發臭，什麼都不缺，為什麼又要回到危機四伏的海上！」

辛巴達抓狂似的吼叫一陣子後，露出奸詐的表情，自言自語了起來。

「對了，乾脆逃走好了，在這個國家紛亂平息之前，我可以先躲去沒有人知道的別墅，悠哉過日子。雖然很對不起阿拉丁國王，但我才不想被捲入王家的王位之爭。即使夏坎王子當上國王，我也不在乎。嗯，就這麼辦。既然決定了，就趕快來整理行李。」

辛巴達匆匆忙忙跑到房子後方。葵看到辛巴達沒出息的樣子，很受不了的戳了戳法蘭說：

「這就是你崇拜的探險家？」

「當然不是！」

法蘭一臉難過的說：

「他才不是真正的辛巴達。你應該也知道，真正的辛巴達曾經航海七次，每次航海不是船觸礁沉沒，就是遇到妖怪，但他最後都能死裡逃生，順利得到金銀財寶衣錦還鄉。但是，無論變得多麼有錢，他總是忍不住再次起航出海，尋求新的冒險。辛巴達就是這麼有毅力的人。」

「但是剛才那個人，只航海兩次就厭倦了。被偷走的關鍵字，會不會是『辛巴達的第三次航海』呢？」

「嗯，雖然有可能……」

「幹麼這麼猶豫不決？凡事都要試了才知道結果，只要寫到書上看看，不就知道是不是了嗎？來，把書借我，這個關鍵字是我想到的，所以由我來寫。」

「不行！」

法蘭看到葵伸出手，立刻把書移到遠離她的位置。

「我不是說了嗎？這是我的書，而且……我總覺得哪裡不對勁。『辛巴達』竟然闖入『阿拉丁』的故事，這太不尋常了，我認為這不像是關鍵字被偷走了。」

「那該怎麼辦？」

法蘭想了一下，靜靜的說：

「我想直接和辛巴達談一談，說服他起航出海，完成阿拉丁國王的心願。」

法蘭說完，便從魔毯上跳了下去，然後從陽臺的窗戶進入屋內。葵忍不住仰頭看著天空，覺得男生這種動物真是無可救藥，但還是跟著法蘭走了進去。

他們走進一個大房間。辛巴達正將寶石和金幣塞進大箱子，看到兩個孩子突然闖入家中，似乎大吃一驚。

「怎、怎麼回事？你們是誰？」

「我們是引導人走向正途的精靈。」

法蘭用很戲劇化的語氣說話。

「我們奉神的旨意，來向你提出建言。航海家辛巴達，你要起航出海，你必須接受阿拉丁國王的請託。」

「即使是精靈也沒辦法打動我，不想去就是不想去。」

辛巴達不悅的說。

「阿拉丁國王拜託的東西太離譜了，他要我帶回來的東西，根本是讓我去送死……我已經受夠了危險的事或探險，只想悠閒過著平

靜的生活。我不想成為什麼航海家辛巴達，希望大家能叫我富豪辛巴達。」

「但是這樣太無聊了！」

法蘭忍不住大聲反駁。

「辛巴達，你回想一下第一次決定去航海時有多麼興奮！回想一下你對未知世界的嚮往，還有遇見各式各樣的人，不是很心動興奮嗎？你要繼續踏上探險之旅，不能只航海兩次就感到滿足！」

「我去航海是為了做生意賺錢，現在賺夠錢了，一輩子都不愁吃穿。無論國王發生什麼事都和我無關，只要不出海，我也不需要什麼獎勵。」

辛巴達小聲嘀咕，葵忍不住點頭說：

「對啊，他這麼有錢，根本不需要再去航海。我覺得他說的話完全正確。」

「問題是這樣不行啊！」

「即使你說不行，但他就是不想去，你強迫他去，他未免也太可憐了。啊，對了！我想到一個好方法。可以請他告訴你，阿拉丁國王想要的是什麼，然後把東西從書裡拿出來就可以了。這樣既能解決問題，辛巴達也不需要出海，而且還超級省時。」

葵自認為想到了絕佳的好主意，法蘭似乎也對這個辦法有點動心，但是……

「我覺得這樣還是不行，無論如何，都要請辛巴達出航。」

「你有完沒完啊！」

葵不耐煩的大聲喝斥。

「眼前這個辛巴達並不是你崇拜的那個角色，性格不一樣，完全變成了另一個人。你硬是逼他做他不願意的事，他太可憐了。」

法蘭恍然大悟的看著葵說：

「你說得沒錯，我真是太失策了。唉，為什麼我剛才沒有發現這一點呢？葵，謝謝你！我終於知道了！」

法蘭說完便翻開書，用羽毛筆在上面寫了起來。葵大吃一驚，上前抓住法蘭的手，想要阻止他。

「喂，你怎麼可以這麼衝動！你不是說只要失敗三次，就無法離開這個世界嗎？」

「嗯，但是我很有把握，我知道這絕對就是被偷走的關鍵字！」

「什麼關鍵字？」

「那就是『辛巴達的冒險心』。」

法蘭自信滿滿的說完這句話，辛巴達突然大聲叫起來。

「喔喔喔喔！」

葵嚇了一跳，轉頭看向辛巴達，對眼前所見又吃了一驚。

辛巴達臉上的表情簡直就像變了一個人，他狡黠的雙眼中開始充滿好奇心和活力，嘴角露出大膽無畏的笑容。

「我這個人……到底在幹麼！航海家辛巴達怎麼可以拒絕國王的委託，想要偷偷摸摸躲起來呢！辛巴達就是要面對挑戰，否則就不是辛巴達了！」

「所以你決定去航海了嗎？」

「當然啊，我一定會如國王的願，把巨鳥帶回來。」

「巨鳥！」

原來是這樣。法蘭興奮的叫了出來。

「巨鳥是所有神燈精靈的主人，只要把巨鳥帶來這裡，神燈精靈也會俯首聽命！阿拉丁太聰明了。嗯，這樣一來就能打敗夏坎王子了。只要阿拉丁獲得勝利，故事就可以畫下句點。辛巴達，我們可以和你一起去尋找巨鳥嗎？」

「當然可以，戰友越多越好。我們馬上出發，搭乘我擁有船隻中，速度最快的那艘船！」

「好！啊，真是太棒了，這才是我心目中的辛巴達。葵，這次是你的功勞，因為你說辛巴達的性格不一樣，我才想到他失去了『冒險心』，真是非常感謝你！」

法蘭很興奮，但葵很生氣。

雖然順利找到關鍵字，成功說服辛巴達啟程航海，法蘭也說是葵的話帶給他靈感，但是葵仍然不滿足。因為最後還是法蘭修復了故事，她覺得自己的功勞被搶走了。

法蘭一副什麼都知道的態度，還偷走了自己的想法，她無法原諒這種事，一定要爭一口氣。

葵想到了方法。

「這個方法……一定可以成功！」

葵躍躍欲試，決定找機會採取行動。

第7章

執行計畫

story 7

葵和法蘭跟著辛巴達一起啟程航海。

辛巴達俐落的調度船隻，以風馳電掣般的速度和船員們準備好食物，在太陽升起時，已經來到了海上。

「右滿舵！往西前進！我們的船要毫不停歇的直奔巨鳥居住的那座島！」

辛巴達活力充沛的大聲下令。法蘭興奮的看著辛巴達說：

「葵，你看，辛巴達是不是很帥？在《天方夜譚》中，我最喜歡這個角色。雖然阿拉丁很有名，但辛巴達很厲害。他航海很多次，每次都遇到生命危險，但他仍然堅持探險，是所有探險家的偶像。」

「我覺得他只是腦袋不清楚，不懂得記取教訓。」

「才不是這樣……咦？你怎麼了？」

「我覺得不太舒服。」

葵蹲在甲板上，有氣無力的回答。

「我好像暈船了，想躺下來休息一下。」

「嗯，真傷腦筋，該怎麼辦呢？」

辛巴達聽到了他們的對話，對他們說：

「你們在這裡會礙事，帶她去我的艙房吧！你們可以隨便使用艙房裡的東西。」

「謝謝你，辛巴達。葵，那你抓著我。」

「嗯。」

法蘭攙扶著搖搖晃晃的葵，走向辛巴達的艙房。艙房雖然不大卻很豪華，床上鋪著軟綿綿的蠶絲被和抱枕。法蘭讓葵躺在床上，然後擔心的問：

「你還好嗎？有需要什麼嗎？」

「我想喝點冷飲。」

「好，我去廚房幫你拿飲料。」

「謝謝。啊，你要不要把書先放在這裡？因為船在搖晃，萬一飲料濺到書上，不是很傷腦筋嗎？」

「你說得對。」

法蘭把書和羽毛筆放在床邊的桌上，隨後走出艙房。

葵立刻跳了起來，把書抓在手上。她雙眼發亮，露出得意的笑容，然後摸著書的封面。

打造這個世界的魔法書，終於得手了。現在正是自己使用這本書的大好時機。

「明明有魔法書，卻還這樣辛辛苦苦的航海去把巨鳥帶回來，簡直是暴殄天物。更何況即使有了巨鳥，也未必真的能夠打敗夏坎王子。對嘛，根本不需要巨鳥，只要用更務實的方法打敗夏坎王子就行了。」

葵把一直放在腦袋裡的好主意寫在書頁上。「最強大的機器人大軍」。

機器人士兵比這個世界的魔法厲害多了，神燈精靈根本不是對手。雖然這是葵想出來的點子，但只要借助魔法書的力量，一定可以成功召喚。

但是葵很清楚，這絕對違反了魔法書的使用規定。這本書一定又會變黑，然後只剩下最後一次機會。

葵認為自己勝券在握，只要和機器人大軍一起解決問題，事情的進展會更有效率。

「古人說：『不入虎穴，焉得虎子。』最重要的是結果，只要能夠讓故事有圓滿的結局，讓故事順利結束，即使是用狠招也沒關係，更何況還有一次機會。嗯，我果然智慧過人。」

終於可以贏過法蘭了。葵充滿期待的等待機器人大軍出現。

砰！

外頭突然響起引擎爆炸的聲音，她手上的書也冒出了黑煙。

低頭一看，剛才寫的字開始扭曲歪斜，墨水冒著氣泡，從頁面上流了下來。

情況和剛才魔毯出現時不一樣！

正當葵這麼想的時候，法蘭回到了艙房。

法蘭看到書冒煙，頓時臉色鐵青，手上裝了飲料的杯子滑落，大叫起來。

「葵，你做了什麼？」

「我只是……嗯，因為我想到一個很好的解決方法，所以想從書裡拿出來。」

「想從書裡拿出來……你要書給你什麼？」

「最厲害的機器人大軍……」

「機、機器人！」

「對啊，這個想法很不錯吧？只要有了機器人大軍，就可以輕鬆打敗王子的軍隊。雖、雖然《天方夜譚》的故事中並沒有機器人這種東西，而且可能會違反規定，但這樣就可以讓〈阿拉丁〉的故事落幕了。畢竟科學比魔法更強，不是嗎？」

葵一口氣說完自己的辯解，法蘭卻露出絕望的眼神看著她。

「你……你簡直胡來！只有和故事情節相符、不會破壞故事世界觀的東西才能寫在書上。機器人大軍？你為什麼要寫這種東西！」

「你、你不必這麼生氣吧？有什麼問題嗎？說到底，這不就是童話世界嗎？既然這樣，不管我召喚什麼都沒關係啊，反正奇幻故事本來就是真實生活中不可能發生的事……」

「你根本搞不清楚狀況！唉，完了，你看看書變成什麼樣了！」

「啊！」

葵忍不住叫出聲，因為她手上的書發出了像是黑色閃電般的東西。她很想把書丟掉，但是不知道為什麼，那本書黏在手上，甩也甩不掉。

「怎、怎麼了？這是怎麼回事？」

「書生氣了，因為它被不當使用。故事的確是編出來的，用你的話來說就是杜撰的世界，但正因為故事是編出來的，所以更要編得無懈可擊，必須抓住讀者的心，讓他們深深受吸引……」

「編得無懈可擊……」

「沒錯。但是你破壞了這件事！什麼機器人大軍，在整個天方夜譚的世界中，根本不存在這種東西！」

葵終於明白自己犯下了天大的錯誤。因為法蘭很嚴肅，而且書本發出的閃電也真的很可怕。

「我、我會怎、怎麼樣？」

「你扭曲了書本的力量，所以會受到懲罰。」

「懲、懲罰？怎麼會這樣，我根本不知道會發生這種事，我、我根本不知道啊。」

「不，你不是不知道！我向你提過忠告，但你根本不想聽！你根本不想知道！」

就在這時，書在葵的手上發出黑色的光芒，然後像緞帶一樣延伸，纏繞在葵的手腕、腳和身體上。

有什麼狀況發生了！是很不妙的狀況！

葵驚恐萬分，心臟幾乎快要凍結了，她忍不住放聲尖叫，想要甩開黑光，卻連手指都無法動彈，全身好像變成了石頭。

就在這個時候，法蘭從葵的手中搶過書本，黑光頓時開始纏繞到他身上。

「法、法蘭！」

「你不必在意，我是英國紳士。既然是英國紳士，當然就要保護女士。」

法蘭對葵笑了笑，然後閉上了眼睛。

下一瞬間，法蘭消失了，書和一枚鑲了黑色寶石的銀戒指掉落在地。

第8章

沒完沒了的故事

story 8

「不可能……怎麼會有這種事？這一定是變魔術，法蘭只是惡作劇，在和我鬧著玩。」

葵這麼告訴自己，搖搖晃晃的走向戒指。

她撿起戒指，發現戒指摸起來溫溫的，可以感受到人的氣息。戒指上的黑色寶石閃著光芒，讓她想起法蘭的眼睛。

「啊啊啊。」葵發出呻吟，她知道，這枚戒指就是法蘭。

「怎麼會……人怎麼可能會變成戒指？唉，奇幻故事真是糟糕透頂，我最討厭這種類型的書了！」

她知道自己必須道歉，但是一開口，還是忍不住說了歪理。葵也很討厭這樣的自己。

接下來該怎麼辦？沒有法蘭的協助，自己有辦法擺脫這場危機嗎？不對，首先必須讓法蘭變回來，一定有解決的方法，必須找到方法才行。

葵絞盡腦汁思考，卻完全想不出來。

她搖晃著身體，發現了掉在地上的書。書的封面已經有三分之二變黑了。

「啊！」

葵忍不住後退。剛才的事讓她心有餘悸，光是看到書都會感到膽顫心驚。

但是她也知道，如果沒有這本書，就無法離開故事的世界。最重要的是，這本書上一定有解救法蘭的方法和線索。

雖然她嚇得渾身發抖，卻還是伸出手，心驚肉跳的拿起書，幸好什麼事都沒有發生。法蘭似乎承受了所有懲罰，所以書並沒有繼續對葵做出懲戒。

葵在鬆一口氣的同時，產生了更深的罪惡感，壓得她喘不過氣。

「法蘭……真的很對不起。」

她終於說出了道歉，眼淚也流了下來。

葵哭著把變成戒指的法蘭戴在右手中指上，以免不小心遺失。

戒指的尺寸剛剛好，簡直就像法蘭陪伴在她身旁，這也為葵帶來了一絲勇氣。她翻開書，想知道故事的發展，同時也想尋找線索，思考自己接下來該怎麼辦。

原本空白的書上漸漸浮現出文字，描寫的剛好是辛巴達發現巨鳥居住島嶼的那一幕。

在出海第七天的晚上，辛巴達的船持續在海上前進，終於發現了巨鳥居住的島嶼。

「就是那座島！太好了，馬上就要到了，大家繼續加油！」

正當辛巴達放聲高喊時，天色突然變暗，海上吹起了狂風，掀起滾滾浪濤。船長頓時臉色蒼白的說：

「慘了！辛巴達先生，暴風雨來了！」

「你說什麼？我們就快到那座島了，竟然在這個時候出現暴風雨！能不能趕在暴風雨前抵達那裡呢？」

但是，在辛巴達問這句話的時候，船已經被捲入暴風雨中。

咚！咚！

船身劇烈的搖晃讓葵差點跌倒。正如書上所寫，這艘船被捲入暴風雨中，像一片樹葉被海浪搖來搖去，到處發出擠壓的可怕聲音。

葵覺得獨自留在船艙內很危險，於是抱著書，一路跌跌撞撞，不時又因為船身晃動而撞到牆壁，最後總算來到甲板上。

這艘船完全被捲入了暴風雨，雨和海浪濺起的水花如瀑布般打來。天空一片漆黑，伸手不見五指。船員的叫喊聲被呼嘯的風聲掩沒，聽不太清楚。

葵更加害怕了。如果繼續留在這裡，恐怕不知道什麼時候會掉進海裡。

要不要先回船艙呢？她猶豫了一下。

這時，一個大浪打來，她被大浪吞噬後重心不穩，整個人被甩下船，掉進波濤洶湧的大海裡。

葵醒來後的第一個想法，就是覺得「口好渴」。她的喉嚨十分刺痛，連舌頭都乾了。

這時，有人蹲在她面前，把某個東西塞進她嘴裡。那個東西吃起來既甜又多汁，葵一個勁的吃了起來。

她心滿意足的吃完，也喝完所有果汁後，整個人才終於活了過來。她看向前方，發現自己剛才吃的是黃色水果，而餵她吃水果的人正是辛巴達。

「辛、辛巴達先生……」

「太好了，小妹妹，你終於醒了。身上有沒有哪裡會痛？」

「沒有，那個……我好像沒事。」

「這樣嗎？那太好了。我們在那場暴風雨中活了下來，你和我的運氣都很好。」

葵想起暴風雨，頓時渾身起雞皮疙瘩，忍不住抖了一下。

「船呢？」

「船沉了，目前只有我們兩個人被沖到這座島上。」

聽了辛巴達的回答，葵才發現他們正在白色海灘附近的一塊大岩石後方，連衣服都溼成一團。

那本書仍在葵的身旁。剛才她明明落海了，沒想到書本竟然沒有遺失。太令人驚訝了，難道是書自己緊緊跟著她嗎？

更令人高興的是，法蘭的戒指也好好的戴在手上。

葵暫時鬆了一口氣，打開書確認故事發展。故事停在船因為暴風雨而沉入海中，然後就沒有下文了。之後的故事似乎還沒有開始，既然如此，是否應該在發生奇怪的事之前，先採取行動呢？

辛巴達已經開始行動。他正在附近探尋，打量無數船隻的殘骸、箱子和酒桶。

葵追上前問：

「請問您在找什麼嗎？」

「對，我想找些有用的東西。我們等一下要去巨鳥的鳥巢，可以的話，我不想赤手空拳的過去。」

葵驚訝的發現，辛巴達並沒有放棄去找巨鳥。

「但是現在只剩下我們兩個人……而且這座島很大，我想可能要費很大的工夫，才有辦法找到巨鳥。」

「找到巨鳥應該很簡單，問題在於要怎麼把牠帶回去。反正現在只能先試了再說。小妹妹，你有什麼打算？要繼續留在海邊等船經過嗎？只要燒篝火，應該就會有船發現，然後前來救你。」

「……」

如果是平時，葵一定會選擇留在海邊，因為她根本不想去做只靠兩個人尋找巨鳥這種沒效率的事。

但是，不知道是不是因為幸運獲救的關係，她的情緒有點激動，變得比平時更大膽，或者應該這麼說，她湧起一股想要冒險的心情，而且她對辛巴達也產生了興趣。

航海家辛巴達很有毅力，充滿冒險心，而且不畏風雨，永遠面對挑戰。難怪法蘭那麼崇拜他，真是太帥了！不知道之後他會如何大顯身手，葵很想親眼目睹一下。

也許是因為戴著法蘭的戒指，才讓她產生了這種強烈的想法。

於是，葵對辛巴達說：「我和你一起去。」

「是嗎？那你也找一下有可能派上用場的東西，像是食物和水，最好還有武器。」

「好。」

葵聽從辛巴達的指示，在海邊走來走去，瞪大眼睛看著被沖到岸邊的東西。這時，她倒吸了一口氣，因為她在許多碎木之間，看到了一塊綠色和金色的布。

「是魔毯！」

她急忙跑過去，小心翼翼的拉出魔毯，以免將它扯破。起初，魔毯因為吸飽水而重重的下垂，但是擰乾水分之後，竟然就飄浮在半空中。

魔毯還可以用！葵欣喜若狂的叫著辛巴達。

「辛巴達先生！你看這個！你看，是魔毯！我們可以坐在魔毯上去找巨鳥！」

「太驚人了！原來有魔毯啊！嗯！只要坐上魔毯，這個任務一定可以成功！」

於是，葵和辛巴達坐上魔毯，前往島嶼深處的山上。

山頂附近有一幅奇妙的景象。好幾百根樹木聚集在一起，形成了一個巨大的圓形，正中央還有像房子那麼大的白色物體，表面光滑而圓潤……

怎麼可能？葵倒吸了一口氣。

「那是……鳥蛋嗎？」

「是啊，那是巨鳥的蛋，那些樹木是鳥巢。」

「這怎麼可能！鳥、鳥蛋和鳥巢都這麼大，所以……」

「沒錯，」辛巴達點了點頭說：「巨鳥是可以擄走大象，將大象吃下肚的妖怪。阿拉丁國王要我帶巨鳥回去，簡直是天方夜譚，有幾條命都不夠賠……但是，你不覺得這反而讓人充滿鬥志嗎？太令人興奮了。」

辛巴達雙眼發亮的表情，和宗介、法蘭一樣，那是享受冒險的男生才會露出的表情。

男生就是這樣，真是無可救藥。葵感到很無奈。

就在這時——

嘎啊嘎啊嘎啊。她先是聽到一陣撕裂空氣的震耳鳴叫，接著聽到「啪嗒、啪嗒」翅膀拍動的巨大聲響。

母鳥回巢了嗎？葵嚇得縮成一團，但辛巴達似乎認為這是大好機會，露出了得意的笑容。

「好！魔毯，我們去鳥蛋周圍繞圈圈。」

「喂！你、你在說什麼啊？」

「要讓回巢的母鳥以為我們想傷害鳥蛋，這樣一來，牠就會生氣的來追我們，我們就可以順勢把牠一路帶回宮殿。」

這的確是個好方法，但是一看到穿破雲層從天而降的巨鳥，葵的腦中就一片空白。

巨鳥大得驚人，不要說大象了，恐怕連鯨魚都能輕而易舉的抓起來。牠身上披著五顏六色的羽毛，有著像鷲一樣的鳥嘴和又長又尖的鉤爪，眼神冷酷凶殘。

巨鳥一發現葵和辛巴達乘著魔毯在鳥蛋周圍飛來飛去，雙眼立刻冒出怒火。

「太好了，牠生氣了！魔毯，快飛！趕快飛回我們的首都！」

魔毯似乎也察覺到巨鳥的怒氣，立刻聽從辛巴達的指揮，飛往

首都的方向。

巨鳥馬上追了上來。

「太好了，完全按照我的計畫進行！」

辛巴達喜形於色，葵卻無法像他那樣開心，因為她完全沒有想到，被一隻像山那麼大的巨鳥追趕竟然如此可怕。她提心吊膽，很擔心下一秒就會被追上。刺耳的鳥鳴聲在耳邊響起，鳥喙咬合時發出的「嘎吱嘎吱」聲讓她背脊發冷。

葵拚命抓住飛得像風一樣快的魔毯，忍不住尖叫起來。

「我沒聽說會這樣！我、我完全不知道巨鳥竟然這麼巨大！」

「很好啊！你事先不知道不是很好嗎？現在可以享受加倍的驚奇，是不是很開心？」

「我、我從來沒有這麼想過。」

「是嗎？我每次都會這麼想，所以遇見自己不知道的事物時都超開心。」

葵很受不了辛巴達的話，但也感到很新鮮。當她這麼想之後，心情就稍微放鬆了下來。

總之，已經順利找到巨鳥，也把巨鳥帶離島嶼。魔毯以驚人的速度飛行，一定可以馬上回到首都。

既然這樣，故事會怎麼發展呢？葵實在太好奇，她輕手輕腳翻開書，以免自己從魔毯上掉下去。原本中斷的故事又繼續發展了。

巨鳥追著辛巴達乘坐的魔毯，越來越接近阿拉丁的皇宮。巨鳥雷鳴般的啼叫聲和翅膀拍動的聲音，也傳入了夏坎王子的耳朵。王子覺得「那一定是妖怪的聲音」，急忙摸了摸神燈，召喚精靈。

「神燈精靈！趕快去殺了發出這可怕聲音的妖怪！絕對不可以

讓牠靠近我！這是命令！」

沒想到，精靈立刻露出可怕的表情，大聲喝斥夏坎王子。

「我才不管呢，你這個荒唐的傢伙！」

「你、你說什麼？」

夏坎王子目瞪口呆，精靈則咬牙切齒的瞪著他說：

「你這個壞蛋，竟然要我去殺死偉大的巨鳥神！」

「什、什麼？那是巨鳥發出的聲音？」

夏坎王子愣住了，因為他經常聽父親阿拉丁說，即使天塌下來，也不能拜託神燈精靈任何關於「巨鳥」的事。

「以前，我不知道這件事，曾經要求精靈把巨鳥的蛋偷給我，結果差一點死在精靈手下。因為對全世界的神燈精靈來說，巨鳥才是他們真正的主人，所以，阿默德、夏坎，你們千萬別忘記這件事。」

夏坎王子想起了父王

的話，驚慌失措的大叫：

「我、我不知道！我收回！我收回剛才的命令，請原諒我！」

「我怎麼可能輕易原諒你！」

精靈惡狠狠的低頭看著王子說：

「你父親以前雖然也曾經要我去偷巨鳥的蛋，但當初他是受壞蛋的慫恿才不得已這麼說，所以我原諒了他。但是你剛才要我殺了巨鳥！即使是神燈的主人，一旦下達這種邪惡命令，我就可以殺了他！但是，我侍奉多年的阿拉丁國王並不希望看到這樣的結果，我就姑且讓你保住小命，你要好好感謝心地善良、智慧過人的父王。」

精靈說完，便把夏坎王子綁起來，救出被關在地牢裡的阿拉丁和阿默德。

「啊，神燈精靈，既然你來救我們了，是不是就表示巨鳥已經來到這裡了？」

「沒錯，因為夏坎王子命令我殺了巨鳥神，所以我不必再聽從王子的命令，能夠把他抓起來，並且拯救你們。」

「嗯，太感謝了，神燈精靈，不過我想再拜託你一件事。請你去見巨鳥，鄭重拜託牠離開這個國家。你能實現我的心願嗎？」

「小事一樁。那麼夏坎王子要怎麼處理？」

「把他關進地牢，讓他好好反省一下。」

「遵命。」

精靈把夏坎王子丟進地牢，然後飛出皇宮去找巨鳥。

「太好了！阿拉丁他們得救了！」

葵發自內心鬆了一口氣。

書上寫的內容就是這個世界的現實。這表示夏坎王子已經被抓起來，阿拉丁他們也順利獲救了。這個沒完沒了的故事，終於可以落幕了。

葵期待故事的最後出現「所有的問題都獲得解決，大家都過著幸福快樂的生活」這句話，沒想到書上卻出現意想不到的內容。

神燈精靈消失後，阿拉丁和阿默德沿著地牢的階梯，準備走回皇宮。

這時，阿默德內心萌生了壞念頭。

「弟弟想搶奪王位，父王竟然沒有處罰他。父王一定是愛弟弟勝過愛我，照這樣下去，以後可能會由夏坎繼承王位……我絕對不能讓這種事情發生！乾脆現在就把神燈搶過來……這樣一來，一切就都會屬於我了！」

阿默德目露凶光，伸出了手，想要去拿阿拉丁國王插在腰帶上的神燈。

「這也太……」葵忍不住尖叫起來，「故事竟然還沒有結束！怎麼會有這種事？」

沒想到不斷有新的危機出現，一波剛平，一波又起。如果阿默德拿到神燈，又會發生什麼狀況？她完全無法想像，只知道故事仍然沒有結束。

「雪赫拉莎德應該也不希望故事是這樣吧。」

葵情不自禁的嘀咕著，突然想到一件事，急急忙忙的翻開書，從第一頁快速翻閱起來。

書中有許多故事：〈漁夫和魔鬼〉、〈三個蘋果的故事〉、〈烏木馬的故事〉、〈阿里巴巴和四十大盜〉，還有〈阿拉丁和神燈〉……但是整本書都找不到說故事的人，從頭到尾都找不到說故事的重要角色——雪赫拉莎德。

撲通撲通撲通。葵的心跳加速。

她並不是很了解《天方夜譚》，因為她以前從來沒有看過這本書，但她知道名叫雪赫拉莎德的女人是真正的主角。既然書上沒有提到雪赫拉莎德，就代表她從天方夜譚的世界消失了。

「難道……魔王偷走了雪赫拉莎德？如果是這樣，法蘭應該早就發現了才對。啊，他曾經說過魔王無法對書中角色下手，但是，我覺得就是雪赫拉莎德啊。」

葵覺得那就是正確答案，同時也感到不安，擔心自己猜錯了。

但是，她沒有時間磨蹭，因為她聽到了爭執的聲音。

「阿默德，你在幹麼！住、住手！」

「閉嘴！父王終究還是更疼愛夏坎！但是我才是國王，我才配得上王位和神燈！給、給我！」

「住手！你給我住手！」

葵回過神時，發現自己站在昏暗的螺旋石階上。魔毯和辛巴達都不見了，但樓梯下方傳來了喊叫和扭打的聲音。阿默德王子想從阿拉丁國王手上搶走神燈。如果再不趕快解決，故事又會開啟下一個篇章。

「嗯，我記得好像是要把被偷走的關鍵字寫在書頁上，你說對不對？法蘭。」

葵問完後，發現戒指上的寶石似乎閃了一下，好像在回答：「沒錯，就是這樣。」

無論如何，先試了再說。葵拿起羽毛筆，準備在書上寫下「雪赫拉莎德」這幾個字。

但是，她遲疑了。

萬一寫錯怎麼辦？剛才已經失敗兩次，只剩下一次機會了。

葵在寫「機器人大軍」時，心情很輕鬆，覺得即使失敗兩次也沒有關係，現在才發自內心的感到後悔，覺得自己剛才的想法太愚蠢了。

法蘭告訴過她，如果失敗三次，就再也無法離開故事世界了。

如果真的被關在天方夜譚的世界裡，結果會怎麼樣呢？

她不由得害怕起來，手抖得幾乎無法握住羽毛筆。

還是別亂寫，再仔細想一想比較好。但是，她想了又想，還是覺得這是正確答案。而且，如果再拖下去，可能會越來越害怕，反倒什麼都不敢做了。

葵痛斥著想要逃避的自己。

「葵，趕快動手！」

不要害怕，不要猶豫，回想一下自己平時的強勢。現在才應該像平時一樣，認為自己絕對正確。那個圖書館的守護貓伊丁，會把不服輸的自己送來這裡，一定就是為了能夠在這種時刻發揮作用。

她低頭看著戴在手上的戒指，黑色寶石好像在眨眼鼓勵她，彷彿法蘭在對她說：「趕快試試。」

葵終於下定決心，在書上寫了「雪赫拉莎德」這幾個字。

沒關係，一定不會有事的。至少和寫下「機器人大軍」時不一樣，這個答案不至於會破壞故事，因為「雪赫拉莎德」原本就是《天方夜譚》中的角色。

雖然等待的時間只有短短幾秒鐘，但葵覺得那幾秒漫長得好像永遠都不會結束。

然後……

書發出了光芒，一名女子出現在眼前。

第9章

故事守護者

story 9

那是一個年輕漂亮的女人，身穿有閃亮金屬光澤的金線刺繡華麗衣服，一頭黑髮亮麗動人，纖細的手臂和脖子上戴滿華麗首飾，她的眼神充滿知性，渾身散發出魅力，讓人心生崇拜，想要成為像她那樣的人。

女人對愣在原地的葵，優雅的行禮。

「喔喔，聰明的小妹妹，你用魔力拯救了我，感激不盡。」

她的聲音很飽滿，說起話來就像音樂般優美動聽。

葵悄悄向她確認。

「你是雪赫拉莎德嗎？」

「對，我就是雪赫拉莎德——《天方夜譚》中的說書人。」

「既然這樣……請你趕快回到故事裡！不然阿默德會從阿拉丁手上搶走神燈！要是故事繼續這樣下去，真的會沒完沒了！」

「小妹妹，你別擔心。」

雪赫拉莎德氣定神閒的露出微笑。

「魔王格啦E夢從天方夜譚的世界中偷走了三樣東西：第一樣是〈阿里巴巴和四十大盜〉中的油，第二樣是〈航海家辛巴達〉的冒險心，最後一樣就是我——雪赫拉莎德。現在，油、冒險心和我都已經回到故事中，天方夜譚的世界已經完全修復，故事不會再延續下去了。」

「真、真的嗎？」

「對，你可以翻書確認一下。」

在雪赫拉莎德的催促下，葵翻開書本。

她迅速瀏覽〈阿拉丁和神燈〉的故事，故事結尾是「阿拉丁和公主結婚後成為國王，從此過著幸福快樂的生活」，後續的故事消失了，完全沒有出現他們的孩子阿默德和夏坎。

阿拉丁的故事結束後，雪赫拉莎德出現了。

雪赫拉莎德說完故事，恭敬的對沙哈里爾國王說：

「這就是〈阿拉丁和神燈〉的故事。」

「這個故事太精采了！雪赫拉莎德，我太驚訝了。」

「這樣啊，那您一定也會喜歡〈卡瑪爾和聰明的哈瑪利〉的故事，我可以說給您聽嗎？」

「在聽完這個故事之前，自己絕對不能殺了雪赫拉莎德。」沙哈里爾國王在心裡這麼想著，點了點頭。

於是，雪赫拉莎德開始說起〈卡瑪爾和聰明的哈瑪利〉的故事。

葵雖然很想翻開下一頁，繼續看〈卡瑪爾和聰明的哈瑪利〉的故事，但她拚命忍住了，將視線從書上移開。

她站在旋轉階梯上，周圍卻被宛如夜晚的濃密黑暗包圍。她聽不到阿拉丁父子的聲音，只有葵和雪赫拉莎德站在那裡。

葵東張西望，雪赫拉莎德卻面帶微笑的對她說：

「〈阿拉丁和神燈〉的故事到此結束，原本混入的〈航海家辛巴達〉故事，也恢復了原狀。」

「所以……故事結束了？」

「對，我也鬆了一口氣。唉，雖然被魔王格啦E夢囚禁的時間並不長，卻覺得度日如年，簡直就是莫大的折磨。因為我知道如果自己不在故事中，就沒有人可以結束故事，真是讓我擔心死了。」

「果然是格啦E夢把你擄走的嗎？」

「對，但當初是一名少女綁架我，把我從天方夜譚的世界中拉了出來。」

「少女？」

「對，她長得很可愛，但是非常可怕，她的眼睛深處藏著無窮的惡意……現在回想起來，仍讓我感到不寒而慄。雖然我不知道那名少女使用了什麼方法，但她能隨心所欲的操控我，把我帶去魔王城堡的廚房。」

雪赫拉莎德說，當時魔王格啦E夢就在廚房等她。

「格啦E夢命令我說故事給他聽，還威脅我，如果我不服從，他就要把我剁成碎片，用平底鍋炒熟後做成燴飯。我在無可奈何之下，只能把原本要說給沙哈里爾國王聽的故事告訴魔王。」

「為什麼呢？格啦E夢為什麼想聽故事？」

「因為……」

雪赫拉莎德正要回答問題，有一個傢伙卻撕裂周圍的黑暗，闖了進來。

「喂喂喂！把雪赫拉莎德還給我！」

一個穿著花俏，頭上戴著用刀叉裝飾奇怪皇冠的傢伙，用驚天動地的聲音大吼。他的臉長得既不像人也不像野獸，圓滾滾的身體上還長著蝙蝠般的翅膀。

那個傢伙惡狠狠的瞪著葵說：

「我好不容易用『強盜的油』舉辦了冒險炸串宴，正準備要好好享受！你這個壞丫頭竟然敢搞破壞，趕快把人還給我！」

「你、你就是……魔王格啦E夢嗎？」

「不要明知故問了，如果我不是格啦E夢，那誰是格啦E夢？雪赫拉莎德，你趕快和我一起回城堡！你要在我身邊說很多有趣的故事！我要一邊享用大餐，一邊聽你說故事，還要繼續玩沙哈里爾國王遊戲。」

「啊！」

「不行！」

葵奮不顧身的擋在嚇得發抖的雪赫拉莎德面前，試圖保護雪赫拉莎德。

魔王露出了危險的眼神。

「你這個壞丫頭，不知道打擾我吃飯是一件多麼可怕的事吧？好，那我就讓你知道我的厲害。」

即使看到魔王的手伸過來，葵仍然站在原地不動。雖然她很想逃，但恐懼讓她全身無法動彈，就連呼吸都有點困難。

完了！

她發自內心這麼想著，無意識的握起雙手，用力搓揉起來。這時，她的指尖碰到了某個冰冷的東西。

即使不低頭看，她也知道指尖碰到的是戒指上的寶石。

她立刻想到了法蘭。

「法蘭，救救我！」

葵情不自禁的叫了一聲，格啦E夢也伸手準備抓住她的喉嚨。

就在這個時候——葵手指上的戒指發出了強光。

「喵嗚嗚嗚嗚嗚嗚嗚嗚！」

隨著驚人的貓叫聲響起，一隻巨大的貓咪突然出現在眼前。那

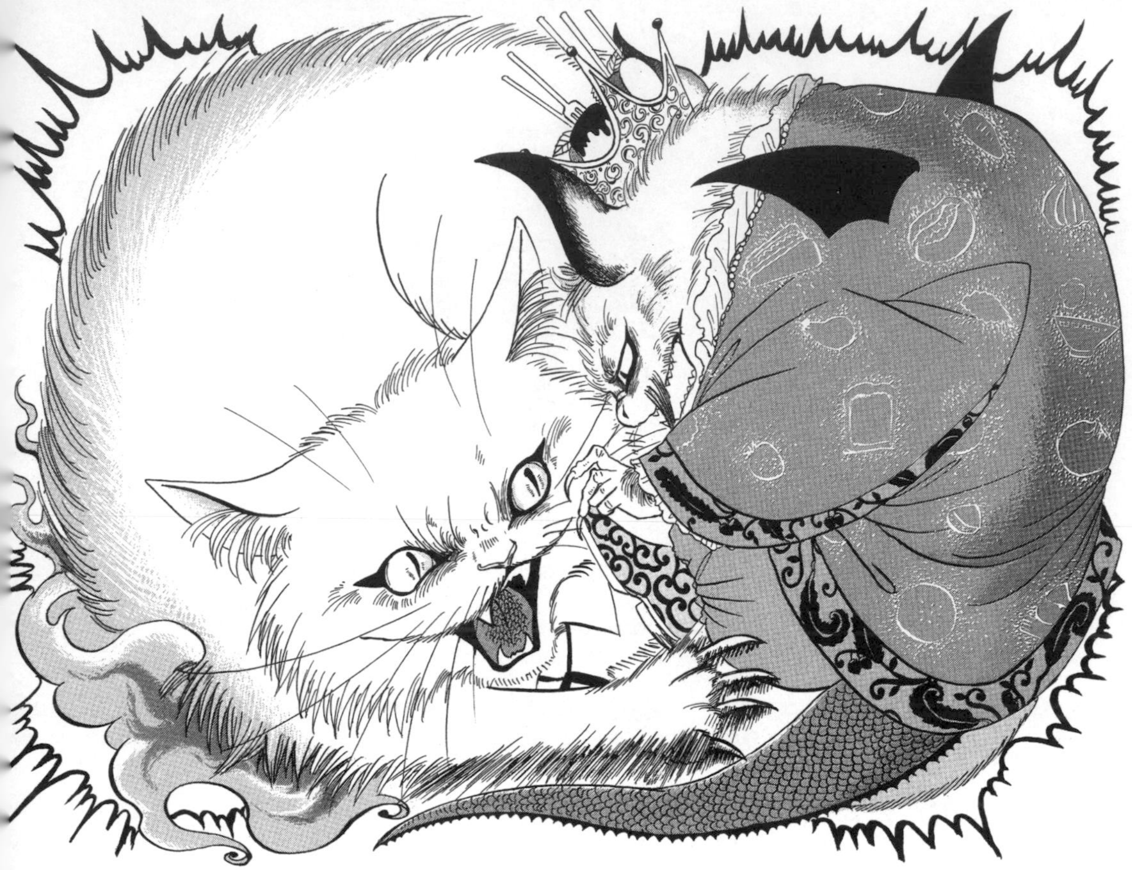

隻貓比車子更高大，全身純白的長毛散發光芒，又粗又長的尾巴冒著紅通通的火焰。巨貓的肢體充滿力量，散發出神聖莊嚴的美感。

巨貓那雙金黃色眼睛炯炯有神，牠撲向格啦E夢的動作，就像是撲向老鼠一般凶猛。

沒想到格啦E夢雖然很胖，動作卻相當敏捷。他俐落的向後一躍，順利閃過了巨貓的攻擊。

「哼，真是不開心，竟然連守護者都跑來了。今天我就先閃人，剛才吃太多炸串，肚子好像有點怪怪的，但是你們不要以為我會善罷甘休！」

魔王格啦E夢撂下壞蛋常說的話後，就閃人離開了。

葵目瞪口呆，巨貓則轉頭看著她說：

「小妹妹，幹得好！你成功了。」

那隻貓用沙啞的聲音說話。聽到這個熟悉的聲音，葵驚訝得連眼珠子都快掉下來了。

「你該不會……是伊丁？」

「是啊，但是不怪你認不出我。」

葵心想，自己認得出眼前這隻美貓就是那隻促狹貓才奇怪。牠們無論是大小還是外表，簡直有著天壤之別。

「伊丁……你……不對，你到底是誰？」

「我是沒有擠進十二生肖的貓。」

伊丁雙眼發亮，調皮的說：

「我是很久很久以前，在挑選十二個年神時，沒被選中的貓神。雖然我沒有成為年神，但是世界圖書館需要我，所以我就成為了守護者，這才是我身為世界圖書館守護者真正的模樣。」

伊丁抖動著一身漂亮的貓毛走向葵。

「你順利救回雪赫拉莎德，差不多也該回去了。」

伊丁說完，用桃紅色的舌頭舔了葵的臉。葵覺得好像有一把特大號挫刀刷在自己臉上，忍不住驚叫起來。

「痛死我了！」

葵轉頭看向伊丁，正想向牠抱怨卻大吃一驚。因為黑暗的空間消失了，眼前是熟悉的大房間。

貼了漂亮磁磚的牆壁和天花板，還有一盞燈放在漂亮的地毯上。

這裡是世界圖書館的《天方夜譚》區域。

終於回來了。葵鬆了一口氣，眼淚都快流下來了。她徹底放心後雙腿發軟，一屁股坐在地上。

這時，伊丁問她：

「喂，你沒事吧？」

她抬起頭，看到伊丁就在眼前，但牠又恢復成一身蓬毛的老貓樣貌，葵忍不住覺得有些惋惜，嘆了一口氣。

「唉……」

「你在嘆什麼氣啊？」

「你平時為什麼不維持剛才的樣子？那樣好看多了。」

「不好意思，我喜歡現在的輕鬆樣子。」

「品味真差……」

「你管我！」

伊丁不客氣的說完後，露出柔和的眼神。

「但是你的確做得很好，多虧有你，雪赫拉莎德才能順利回到故事裡，這是光靠故事守護者絕對無法做到的事。嗯，我當初的判斷很正確，所以有一半是我的功勞，另一半則歸功於你。」

「……」

「怎麼了？我是在稱讚你，你為什麼一臉憂心忡忡的表情？」

「因為我害法蘭……伊丁，你聽我說！我們要馬上回去天方夜譚的世界，得趕快找出方法讓變成戒指的法蘭恢復原狀！」

「你不必著急，這件事已經解決了。你看你的後面。」

葵聽到伊丁這麼說，回頭一看。

一個男人站在她的身後，他穿了一身古代的衣服，留著漂亮的鬍子，左邊臉頰上還有一個很大的傷痕。

無論怎麼看，葵都覺得自己以前從來沒有見過這個人，但是她立刻就知道他是誰了。因為他的手上小心翼翼的拿著一本書（原本封面的黑色已經完全不見了），那雙炯炯有神的黑眼睛，她絕對不可能認錯。

「你是法蘭？」

「對啊。」

男人露出親切的笑容，向葵行禮。

「請容我再次自我介紹，我的名字叫理察・法蘭西斯・伯頓，是有爵士封號的英國人，我的好奇心很強，對不知道的事物有強烈的興趣，所以去了很多國家，學習當地的語言和文化，然後翻譯了《天方夜譚》，把它推廣到世界各地。因為我生前的這份功勞，所以在死後成為世界圖書館的故事守護者。

「你在天方夜譚的世界，為什麼是小孩子的模樣？」

「那是受到魔王格啦E夢攻擊造成的，他同時還偷走了我一部分的能力，讓我變成小孩子的外形，無法發揮原本的力量……但是即使能夠維持原本的樣子，我也無法單靠自己來修復故事。」

伯頓爵士有點懊惱的說：

「這是我的盲點，我一直以為格啦E夢只會偷關鍵字，沒有能力偷走故事中的人物。如果我沒有這種成見，就能夠更早發現被偷走的是雪赫拉莎德，真是太慚愧了。以前從來沒有發生過這樣的事，就以為之後也不會發生，身為探險家，是絕對不可以有這種想法的。所以……」

伯頓爵士目光深邃的看著葵。

「幸好有你，葵，真的很感謝你。」

「不，你太客氣了。我……法蘭，不對，伯頓爵士，我要向你道歉，真的很對不起，我害你變成了戒指。」

「叫我法蘭就好。我並沒有為那件事生氣，而且身為英國紳士，保護你是我理所當然應該做的事。」

「但是……剛才也是你出手救了我對嗎？因為你的關係，伊丁才會出現。」

「你太敏銳了，你說的沒錯。」

「……」

「看你的表情，似乎還不知道這是怎麼一回事。不瞞你說，因為破壞了書的規定，所以我遭到懲罰，變成故事中曾出現過的東西。我其實不是變成普通的戒指，而是成為戒指中的精靈。」

「精、精靈？」

「沒錯，誰摸了戒指，精靈就會實現那個人的心願。你剛才摸了戒指，向我求救，這就代表你相信我，尋求我的幫忙。在故事中，只要發自內心相信，就一定會得到回報，所以變成精靈的我，就可以找伊丁來救你。」

伯頓爵士笑著說：

「只是幾個巧合剛好湊在一起，但是『無巧不成書』，巧合也會讓冒險和故事變得更加生動有趣。像你這樣的孩子如果有朝一日成為故事守護者，一定能夠發揮出色的作用，很希望到時候我們可以一起去探險。」

伯頓爵士說完，向葵伸出手。葵也用力握住了他的手。

當她鬆開伯頓爵士的手時，發現自己一個人站在房間裡。

葵如夢初醒般打量著自己的房間，房間內沒有任何奇怪或陌生的東西，剛才想要寫故事卻一個字也沒寫出來的空白筆記本，也仍然放在桌上。

葵深吸一口氣，拿起桌上的筆記本。

世界圖書館、圖書館的守護者、天方夜譚的世界、神燈精靈、巨鳥。

這一切可能全部都是夢，但也可能全都不是夢。總之，她要在忘記之前，把自己經歷的事寫下來。完成之後，還要拿去給宗介看，宗介一定會說很精采。

還有一件事……

「明天我一定要去圖書室。」

雖然故事世界的問題解決了，葵卻對幾件事情產生了好奇。

〈阿里巴巴和四十大盜〉中出現的阿里巴巴的哥哥卡西姆，他在故事中究竟發生了什麼事？

航海家辛巴達在七次航海的期間，又發生了什麼事呢？

還有雪赫拉莎德想要說給沙哈里爾國王聽的〈卡瑪爾和聰明的

哈瑪利〉，這個故事真的比〈阿拉丁和神燈〉更精采嗎？

這些問題的答案都在故事中，所以她打算去圖書室把《天方夜譚》借回家，從頭到尾仔細找答案。

葵下定決心，並且拿著鉛筆拚命寫了起來。

尾聲

魔王格啦E夢的城堡，是暴飲暴食的城堡。

全世界應該沒有第二座這樣的城堡。整座城堡很凌亂，外形看起來像是加了水果和鮮奶油的鬆餅，散發著令人反胃的甜膩味道。

一名少女站在這座城堡的廁所門前。她有一張可愛的臉龐，鑲滿蕾絲的洋裝穿在她身上很好看，但她的眼神很銳利，嘴角也抿得很緊。

「所以你並沒有把雪赫拉莎德帶回來？枉費我當初

費了那麼大的工夫，幫你把她綁來這裡。」

「你不要這麼不滿。」

門內傳來格啦E夢低沉的聲音。

「反正……嗯，我肚子不舒服。嗯！炸串宴不是結束了嗎？果然不能吃太多油炸食物，因為好久沒吃，忍不住貪嘴吃太多了。」

「即使這樣，也不要這麼輕易放棄！」

「嗯！你不要用這麼生氣的聲音說話！別擔心，反正我的肚子很快就會餓，而且我已經挑好下一個目標了。亞美諾，你喜歡悲嘆的前菜嗎？」

原來如此。少女的嘴角露出邪惡的笑容。

「所以，你的下一個目標是《安徒生童話》。」

「答對了！好了，你先去其他地方，你一直站在門口讓我很不自在，連上大號也沒辦法盡興。」

「哎喲，沒想到魔王竟然這麼敏感。」

天邪鬼亞美諾竊笑著，順從的離開了廁所門前。雖然她很喜歡和別人作對，但她並不想聽魔王上大號的聲音。

天邪鬼的不負責任說書

我是天邪鬼亞美諾，在日本民間故事中，是小有名氣的壞蛋。這次我成為魔王格啦E夢的幫手，協助他襲擊世界圖書館，也是我從天方夜譚的世界綁架了雪赫拉莎德。因為《天方夜譚》這本書，有太多可以吐槽的地方了。

比方說：〈阿里巴巴和四十大盜〉，你們不覺得阿里巴巴才是壞人嗎？他偷了那些強盜藏得好好的金銀財寶，強盜當然會氣得想要報仇啊。沒想到那些強盜反而死在他的手上，大家還覺得這是皆大歡喜的完美結局。啊，太可憐了。

然後是〈阿拉丁和神燈〉。那個阿拉丁在原著中根本是個遊手好閒的廢物，凡事都是別人的錯，任何事都推給別人去做，就連向公主求婚都是拜託他媽媽出面，神燈精靈被那種不爭氣的小鬼使喚，真是太令人同情了。

〈航海家辛巴達〉也讓人不敢恭維。辛巴達根本不是善類，為了自己活命，什麼事都做得出來，是個超級精明狡猾的人。所以……我很喜歡辛巴達，如果把他寫成反派角色，我應該會更喜歡。

總之，《天方夜譚》這本書中有滿滿的吐槽點，如果你也有興趣，可以去找來看看，然後我們再舉辦一個《天方夜譚》討論會，一定會超有趣。

穿越驚奇圖書館 ②
搶救天方夜譚說書人

作者｜廣嶋玲子
繪者｜江口夏實
譯者｜王蘊潔

責任編輯｜李寧紜、江乃欣
特約編輯｜葉依慈
封面及版型設計｜蕭雅慧、蕭華
電腦排版｜中原造像股份有限公司
行銷企劃｜葉怡伶、林思妤

天下雜誌創辦人｜殷允芃
董事長兼執行長｜何琦瑜
媒體暨產品事業群
總經理｜游玉雪
副總經理｜林彥傑
總編輯｜林欣靜
行銷總監｜林育菁
副總監｜李幼婷
版權主任｜何晨瑋、黃微真

出版者｜親子天下股份有限公司
地址｜臺北市104建國北路一段96號4樓
電話｜(02)2509-2800　傳真｜(02)2509-2462
網址｜www.parenting.com.tw
讀者服務專線｜(02)2662-0332　週一～週五：09:00~17:30
讀者服務傳真｜(02)2662-6048　客服信箱｜parenting@ cw.com.tw
法律顧問｜台英國際商務法律事務所・羅明通律師
製版印刷｜中原造像股份有限公司
總經銷｜大和圖書有限公司　電話：(02)8990-2588

出版日期｜2024年5月第一版第一次印行
定　價｜350元
書　號｜BKKCJ114P
ISBN｜978-626-305-714-2(平裝)

國家圖書館出版品預行編目資料

穿越驚奇圖書館2, 搶救天方夜譚說書人 / 廣嶋玲子作 ; 江口夏實圖 ; 王蘊潔譯. -- 第一版. -- 臺北市 : 親子天下股份有限公司, 2024.05
216面 ; 17*21公分. -- (樂讀456 ; 114)
ISBN 978-626-305-714-2(平裝)
861.596　　113001606